독고진 장편 소설

FUSION FANTASTIC STORY

100마일
100MILE

100마일 4

독고진 장편 소설

초판 1쇄 찍은 날 § 2015년 4월 27일
초판 1쇄 펴낸 날 § 2015년 5월 6일

지은이 § 독고진
펴낸이 § 서경석

편집책임 § 한준만

펴낸곳 § 도서출판 청어람
등록번호 § 제387-1999-000006호
등록일자 § 1999. 5. 31
어람번호 § 제1-2112호

주소 § 경기도 부천시 원미구 부일로 483번길 40 서경B/D 3F (우) 420-822
전화 § 032-656-4452 팩스 § 032-656-4453
http://www.chungeoram.com
E-mail § chungeorambook@daum.net

ISBN 979-11-04-90215-4 04810
ISBN 979-11-04-90145-4 (세트)

독고진 장편 소설

FUSION FANTASTIC STORY

100마일

100MILE

4

도서출판 청어람

100마일

100MILE

CONTENTS

Chapter 1

　창원 타이탄스의 1번 타자는 국내 10개 구단 중 유일하게 영입한 용병 교타자, 존 휴즈다.

　국내 프로 야구 시장에 영입되는 외국인 타자들은 절대다수가 장타력을 갖춘 거포형 타자다.

　굳이 비싼 돈을 들여 교타자를 영입할 이유가 없기 때문이다.

　다시 말하면, 국내 선수 중에서도 발 빠른 교타자는 어느 정도 공급이 충족된다는 뜻이다.

　그런데 이번에 창원 타이탄스에서는 놀랍게도 테이블 세

터 자리를 맡을 발 빠른 교타자를 영입했다.

거기에 수비 부담이 가장 심한 유격수로 자칫 완전히 실패한 영입이 될 수 있다는 주변이 우려에도 불구하고 존 휴즈와 계약을 했다.

존 휴즈.

169㎝의 키에 62㎏의 체중은 굉장히 왜소하게 보였다.

체구도 작은데 마르기까지 했기에 이제까지 익숙하게 봐 왔던 덩치 큰 외국인 타자들과는 확실하게 이미지가 달랐다.

존 휴즈와 계약을 발표하고 가장 크게 반발한 건 다름 아닌 창원 타이탄스의 팬들이었다.

극성스러운 일부 팬들은 구단 사무실로 전화를 하고, 심지어 찾아가서 계약을 철회하라고 했을 정도였다.

다른 구단에서는 딱 봐도 포스가 느껴지는 체격 좋은 거포형 용병 타자들을 영입해 오는데, 자신이 응원하는 구단에서는 비쩍 말라서 야구나 제대로 할 수 있을까 싶을 정도의 왜소한 타자를 외국인 용병으로 영입했으니 속이 터질 만도 할 것 같았다.

하지만 존 휴즈의 경력은 웬만한 외국인 용병 타자들보다 훨씬 뛰어났다.

신인 드래프트에서 3라운드 지명으로 캔자스시티 로열

스(Kansas City Royals)에 입단을 했고 3년 만에 메이저리그 로스터에 이름을 올렸다.

활약도 제법 괜찮은 편이었다.

주전은 아니었지만 유격수로 출전해서 2시즌 동안이나 통산 타율 0.268을 기록했고, 수비 실력도 수준급이라며 칭찬을 받았다.

머지않아 주전 유격수로 활약할 것이라는 평가가 지배적이었다.

그러던 어느 날, 핑크빛 미래가 보장되어 있던 존 휴즈에게 악몽과도 같은 일이 벌어졌다.

주루 플레이 도중 수비수와 충돌을 하는 일이 벌어졌고, 그 충돌로 큰 부상을 당해 버린 거다.

3차례나 수술을 받아야 했고 힘든 재활을 거쳐서 돌아왔지만, 팀에는 이미 실력 좋은 유격수가 이적해 와서 준수한 활약을 펼치고 있었다.

그 어디에도 존 휴즈의 자리는 없었다.

결국 2차례나 트레이드를 당하며 여러 팀을 돌아다니는 사이 경기력은 수준 이하로 떨어졌고, 끝내는 트리플A에서 근근이 활약하다 이번에 창원 타이탄스와 계약을 맺어 한국행 비행기를 타게 된 것이다.

한국행을 결정하며 존 휴즈는 독기를 품기라도 했는지,

현재 국내 최고의 리드오프로서 이름을 날리고 있었다.

0.334의 타율에 0.439의 출루율, 전반기에만 무려 23개의 2루타와 7개의 3루타를 치고 있었고, 도루도 21개나 기록하고 있었다.

거기에 유격수로서의 수비도 국내 그 어떤 유격수보다 안정적이라는 평가를 받으며 그렇게 계약 철회를 외치던 창원 타이탄스의 팬들이 가장 사랑하는 선수 중 한 명으로 자리를 잡고 있었다.

타석에 들어선 존 휴즈는 특유의 웅크린 타격 자세로 나를 뚫어져라 노려보고 있었다.

확실히 다른 거구의 타자들에 비해 던질 곳이 넓게 보였다.

그렇다고 아무렇게나 던질 수는 없다.

홈 플레이트를 중심으로 타자의 체격에 따라 조금씩 스트라이크 존이 좁아질 수 있기 때문이다.

그러니 체격이 컸던 타자를 상대로 던졌던 바깥쪽 스트라이크가 존 휴즈에게는 통하지 않을 가능성이 있었다.

물론, 이건 어디까지나 판정을 내리는 주심의 성향에 따라 달라진다.

체격이 크든 작든 정해진 규격의 스트라이크 존만 냉정하게 바라보는 주심도 있기 때문이다.

'우선은 스트라이크 존부터 확인을 해야겠지.'

포수인 황대훈 선배와는 경기 전 미리 말을 맞춰놨기 때문에 초구를 바깥쪽 높은 코스로 잡았다.

쇄애애액!

퍼엉!

"스트라이크!"

주심은 망설이지 않고 스트라이크를 선언했다.

성향에 따라 공 반 개 정도는 더 넣어야 하지 않을까 생각하고 있었던 내게는 아주 고마운 선언이었다.

반대로 존 휴즈는 포수의 미트와의 거기를 가늠하며 살짝 고개를 흔들었다.

약간 멀다는 행동이었지만, 주심에게 반발해 봐야 오히려 불이익만 당할 것을 알기에 인상만 찡그렸다.

2구는 몸 쪽 높은 코스.

"스트라이크!"

어김없이 주심이 스트라이크를 외쳤고, 공을 받은 황대훈 선배는 포수 마스크 뒤에서 하얀 이가 들어날 정도로 웃고 있었다.

이번에도 공 반 개 차이는 받아들일 생각이었다.

그런데 주심이 스트라이크를 선언했으니 나는 던질 곳이 넓어져서 좋았고, 존 휴즈는 배트를 휘두를 공간이 너무 커서 곤란해졌다.

3구는 당연히 바깥쪽 낮은 코스.

전형적으로 'Z' 자를 그리며 던지는 스트라이크 존 확인 투구였다.

하지만 3구는 확인하기도 전에 존 휴즈의 배트에 커트를 당하고 말았다.

투수인 나는 2스트라이크 상황이니 볼이 된다 하더라도 부담 없이 공을 던질 수 있었지만, 타자인 존 휴즈는 만약 이번에도 스트라이크가 선언되면 꼼짝없이 루킹 삼진을 당하게 되니 선택의 여지가 없었다.

그렇다고 존 휴즈 때문에 굳이 공을 뺄 이유가 없었다.

자칫 공을 뺐다가 주심의 존이 좁아질 수도 있는 위험이 있기 때문이다.

이럴 때는 승부를 하는 게 좋다.

아니면 이미 스트라이크 존을 확인한 곳을 공략하는 것도 하나의 방법이 될 수 있다.

'떨어지는 파워 커브?'

황대훈 선배의 사인에 나는 슬쩍 존 휴즈를 바라봤다.

짧게 쥔 배트와 더욱더 웅크린 자세가 확실한 볼이 아니면 모조리 커트하고 말겠다는 의지가 보였다.

그렇다면 허를 찌르는 공격적인 투구가 답이다.

어설프게 유인구를 던져 볼을 만들거나, 괜히 투구수를 늘릴 이유가 없었다.

곧바로 황대훈 선배에게 살짝 높은 코스의 포심 패스트볼 사인을 줬다.

시즌 초와는 다르게 황대훈 선배는 두말하지 않고 내 사인을 받아들였다.

신인 투수라 하더라도 리그 최고의 투수로서의 성적을 유지하고 있으니 당연한 일이었다.

천천히 호흡을 다듬은 후에 곧바로 포수 미트만을 노려보고 공을 던졌다.

아니, 쐈다는 표현이 더 정확할 것 같았다.

쐐애애애액!

부웅!

퍼—어엉!

"스윙! 타자 아웃!"

존 휴즈는 고개를 흔들며 타석에서 벗어났다.

방금 공은 미처 생각하지 못한 빠른 강속구로 미리 대처하지 않으면 커트조차 쉽지 않은 공이었다.

—차지혁 선수, 157㎞의 포심 패스트볼로 1번 타자 존 휴즈를 헛스윙 삼진으로 잡아냈습니다! 정말 보는 사람들이

속이 시원할 정도의 빠른 강속구였습니다!

　—이게 바로 차지혁 선수의 강점이죠. 방금 존 휴즈 선수는 타석에서 유인구를 생각했을 거예요. 차지혁 선수가 던지는 명품 파워 커브를 머릿속에 담아뒀을 테죠. 하지만 반대로 차지혁 선수는 아주 공격적으로 확실하게 카운트를 잡아버렸습니다. 문제는 차지혁 선수가 공격적인 피칭을 한다는 걸 모든 사람들이 알면서도 파워 커브를 머릿속에 담아둘 수밖에 없다는 사실이죠. 이 점이 현재 타자들이 차지혁 선수를 상대로 힘들어하는 점입니다.

　—한마디로 강속구와 파워 커브를 구사하는 차지혁 선수의 투 피치 스타일이 타자들에게 잘 먹혀든다는 뜻 아니겠습니까?

　—그렇죠. 강력한 패스트볼과 확실한 브레이킹 볼. 단순하지만 가장 오래된 투수의 무기죠. 중요한 건 차지혁 선수는 평균 155km의 포심 패스트볼과 135km의 파워 커브를 완벽하게 컨트롤한다는 점이죠. 이런 멋진 조합은 투수들에게 가장 이상적이지만 타자들에게는 악몽을 선사할 수밖에 없어요.

　—말씀하시는 순간 창원 타이탄스의 2번 타자 강민수 선수, 초구를 건드리며 포수 플라이 아웃으로 무기력하게 돌아서고 맙니다.

―방금도 154㎞의 포심 패스트볼이죠? 강민수 선수가 스트라이크 존으로 파고들어 오는 공을 참지 못하고 뒤늦게 배트를 휘두르는 바람에 공이 위로 뜨고 말았어요. 늦었다 싶으면 차라리 배트를 휘두르지 말아야 하죠. 스트라이크를 하나 먹는다 하더라도 차지혁 선수의 공을 최대한 많이 보며 눈에 익히는 것이 중요해요.

―배형진 타자가 타석에 들어섰습니다. 작년까지 창원 타이탄스에서 4번을 맡았습니다만, 올 시즌부터는 스캇 데이비스 선수가 4번을 맡게 되면서 타석이 앞당겨져 3번을 치고 있습니다. 현재까지의 시즌 성적은 결코 나쁘지 않습니다. 3할 2리에 19개의 홈런을 터트리고 있습니다.

―홈런 페이스가 작년보다 확실히 빠르죠? 타순을 4번에서 3번으로 옮기면서 상대 투수들이 4번 스캇 데이비스 선수보다는 차라리 익숙한 배형진 선수와 상대를 하면서 벌어진 결과죠. 배형진 선수 입장에서는 상대 투수들이 적극적으로 상대를 해오니 오히려 편안한 마음으로 타격에 임할 수 있어 좋다고 할 수 있어요.

―초구는 몸 쪽을 찌르는 포심 패스트볼입니다. 언제 봐도 참 시원시원한 공입니다. 차지혁 선수의 투구를 보고 있으면 마치 메이저리그의 유명한 투수가 공을 던지는 것 같지 않습니까?

—메이저리그에서도 저만한 포심 패스트볼을 던지는 투수는 흔하지 않죠.

　—2구는 배형진 타자의 무릎을 스치고 지나가는 낮은 스트라이크입니다. 역시나 포심 패스트볼로, 지금까지 차지혁 선수가 던진 일곱 개의 공이 모두 포심 패스트볼입니다. 무엇보다 모든 공이 스트라이크로 선언되었으니 확실히 대단한 강심장을 소유했다고 볼 수 있겠습니다.

　—차지혁 선수의 멘탈은 이미 유명하죠. 신인이라고는 믿기지 않게 어떤 상황에서도 태연하게 자신의 공을 던지는 점은 최대 강점 중 하나라고 할 수 있죠.

　—일부 팬들 사이에서는 다이아 멘탈이라는 소리까지 있습니다. 보통 멘탈이 좋은 선수들을 가리켜 강철 멘탈이라고 하는데, 차지혁 선수는 그 이상이라는 뜻 아니겠습니까?

　—하하하하. 그렇게 볼 수 있겠죠.

　—차지혁 선수, 와인드업 합니다. 제3구 던졌습니다!

　　　　　*　　　*　　　*

　"이봐, 테일! 필리스에서 차지혁에게 얼마를 제시할 예정이라고 했지?"

뚱뚱한 금발 머리의 중년인이 바삭하게 잘 튀겨진 닭다리를 입에 넣으며 옆에서 노트북을 켜놓고 있는 갈색 머리 청년에게 물었다.

"기본 7년 1억 달러를 생각하고 있다고 하더군요."

"미친놈들! 그놈들은 제정신이 아니야. 루키에게 1억 달러라니! 망할 놈들! 이번 겨울은 필리스가 완전 물을 흐려 놓겠어!"

"하지만 대체적으로 최소 1억 달러는 써야 차지혁과 계약할 수 있을 거라는 평가가 지배적이죠. 이번 겨울 이적 시장에서 가장 큰 대어는 누가 뭐라 하더라도 차지혁이니까요."

테일의 말에 금발 머리의 중년인이 고개를 끄덕였다.

"차지혁의 스펙이라면 충분히 메이저리그에서도 통하겠지. 하지만 고작 1시즌, 그것도 한국 프로 리그에서만 뛴 루키에게 1억 달러를 쓰는 건 확실히 좋지 않아. 빌어먹을! 예전이 좋지. 예전이었다면 포스팅 입찰을 통해서 넉넉잡고 7천이나 8천만 달러면 충분히 데리고 올 수 있었을 텐데!"

"그 시절이라면 차지혁은 이곳 한국에서 7시즌을 뛰어야만 하죠. 그리고 만약, 지금처럼 7시즌 모두 이런 말도 안 되는 성적을 기록한다면 아마 역대 최고의 포스팅 입찰액

과 계약금을 지불해야 했을 테죠. 아마 2억 달러도 부족할
것 같네요."

테일의 말에 중년인이 인상을 찌푸렸다.

"그냥 해본 말이야. 내가 그런 것도 모를 것 같아? 내가
말하고 싶은 건, 19살짜리에게 1억 달러 이상을 지불해야
한다는 게 마음에 들지 않다는 것뿐이라고!"

테일은 피식 웃고 말았다.

"마음에 들지 않아도 구단주가 원하니 얼마가 들더라도
지갑을 열어야죠."

"그러니까 내가 온 것 아냐. 얼마를 쥐어줘야 우리 양키
스의 투수가 될 것 같아?"

"그건 퍼펙트 제프가 결정할 문제 아닌가요?"

"흐흐. 그렇지. 얼마를 원하든 절대 거부할 수 없는 엄청
난 돈을 제시해야지. 그런데 차지혁은 정말 야구 외엔 관심
이 하나도 없는 거야?"

"그렇더군요. 부유한 편도 아닌데 한국에서 광고도 하나
찍지 않더군요. 한국 내에서는 최고의 개런티를 받을 수 있
는데도요. 에이전시도 그런 걸 그대로 내버려 두고 있고요.
그나마 스폰서 하나와 계약을 했는데, 계약금하고 계약 기
간이 영 이해가 되지 않을 정도로 형편없더군요. 그걸 보면
돈에는 딱히 관심이 없는 것 같기도 하고… 아무리 생각해

도 현재로서는 딱히 파고들 만한 틈이 없어요."

"여자관계도 깨끗하다고 했지?"

"스캔들이 있기는 했지만, 기자들과 여자 쪽에서 일방적으로 좋다고 한 거더군요. 차지혁은 전혀 관심도 없어요."

"이상한 놈이야. 돈과 여자를 싫어하는 남자가 이해가 돼?"

"정말 야구에 미쳤다면 가능하겠죠."

테일의 말에 제프가 고개를 흔들었다.

"아무리 야구에 미쳤어도 돈과 여자를 거부할 순 없어. 정상적인 남자라면 말이야… 오!"

제프가 벌떡 일어나며 전광판을 바라봤다.

161㎞가 찍혀 있었다.

차지혁이 마운드에서 내려오고 있었고, 그런 그를 바라보며 제프는 주먹을 꽉 움켜쥐었다.

"넌 반드시 우리 양키스의 투수가 되어야만 해!"

100마일의 공을 던지는 투수는 메이저리그나 마이너리그에도 많다.

하지만 차지혁은 단순하게 100마일의 공을 던지는 투수가 아니다.

8회에도 던질 수 있는 체력을 가지고 있었고, 과감하게 타자와 승부를 할 수 있는 강인한 정신력도 갖추고 있었다.

메이저리그의 팬이라면 누구라도 차지혁의 피칭 스타일에 반할 수밖에 없다.

물러서지 않는 용감하고도 과감한 투수!

제프는 차지혁으로 인해 메이저리그 팬들이 언제든 지갑을 열 것이라고 확신했다.

*　　　*　　　*

161㎞의 공을 던졌다.

여전히 원하는 코스로 공을 던지지는 못했지만, 최소한 패스트볼(passed ball)이 되거나 스트라이크 존에서 완전히 빠지는 볼이 되지는 않았다.

그저 한가운데로 몰리는 것만 막을 수 있는 수준이었다.

그렇게 1회 말, 창원 타이탄스의 3번 타자 배형진에게 결정구로 161㎞의 강속구를 던지면서 공 8개로 이닝을 마치고 더그아웃으로 들어오자 모든 선수와 감독, 코치들이 박수를 쳐 주었다.

"자자! 이제 한 점 내자!"

주장인 정현우 선배가 힘차게 파이팅을 외치며 2회 초 공격을 시작했다.

그러나 5번 타자 그랜트 커렌부터 시작된 공격은 허무하게도 삼자범퇴로 끝이 나고 말았다.

2회 말, 창원 타이탄스의 공격을 막기 위해 마운드로 향하자 황대훈 선배가 다가왔다.

"스캇 데이비스는 빠른 볼에 강한 타자다. 변화구 위주로 가자."

슬쩍 창원 타이탄스 더그아웃을 바라보자 벌써부터 스캇 데이비스가 대기 타석에서 배트를 힘차게 돌려대고 있었다.

바람 소리가 여기까지 들려올 정도로 파워풀한 모습이었다.

타율은 0.267로 높지 않았지만, 홈런은 24개로 현재 리그 1위와 단 한 개 차이로 2위를 내달리고 있는 중이었다.

흔히 말해 걸리면 넘어간다는 말이 나올 정도로 스캇 데이비스는 투수들에게 있어 요주의 타자였고, 대다수의 투수들은 변화구 위주의 유인구로 그의 타율을 깎아 먹고 있었다.

"누가 더 강한지 한 번 시험해 보고 싶습니다."

"뭐?"

"패스트볼(fast ball)에 강하다고 투수인 제가 패스트볼을 안 던질 순 없잖습니까? 그러니 이번에 한 번 확인해 보겠습니다. 내 공이 더 강한지, 스캇 데이비스의 배트가 더 강한지."

승부욕이 생겼다든가 스캇 데이비스를 얕잡아 봐서 하는 소리가 아니다.

나에게 가장 강력한 무기는 빠른 강속구다.

그런데 상대 타자가 패스트볼에 강하다고 피한다?

나 스스로 패배를 인정하는 짓이다.

더욱이 메이저리그를 목표로 두고 있는 나였다.

메이저리그는 스캇 데이비스보다 더한 괴물들이 득실거리는 리그였으니, 스캇 데이비스조차 넘어서지 못하면 메이저리그에 갈 자격조차 없었다.

승리한다면 어느 정도의 격차가 있는지, 패배한다면 그 원인이 무엇인지를 냉철하게 분석해서 더욱더 노력하면 되는 일이다.

황대훈 선배는 가만히 날 바라보다 물었다.

"자신은 있는 거냐?"

"물론입니다. 전 제 공을 믿습니다."

"그래, 그럼 됐다. 투수인 너와 포수인 내가 믿는데 무슨 걱정이 있겠냐? 얼마든지 던져 봐."

"감사합니다."

"감사는 무슨."

황대훈 선배가 자신의 자리로 돌아가고 나 역시 마운드에 올라섰다.

약간의 시간이 지나자 스캇 데이비스가 타석에 들어왔다.

거의 2m에 달하는 큰 키에 육중한 체형은 국내의 모든 타자들 중 가장 거대했다.

존 휴즈가 국내의 타자 중 손에 꼽힐 정도로 작은 체격이라면, 반대로 스캇 데이비스는 가장 큰 체격이었다.

너무나도 극과 극을 달리는 창원 타이탄스의 두 용병 타자들이다.

초구는 몸 쪽을 찌르는 포심 패스트볼을 던졌다.

스캇 데이비스는 주심의 스트라이크 선언에 고개를 끄덕이며 잠시 타석에서 물러나 배트를 두 번 휘두르고 다시 들어왔다.

두 번째 공은 바깥쪽 낮은 스트라이크 존을 통과하는 포심 패스트볼을 던졌고, 스캇 데이비스는 기다렸다는 듯 배트를 휘둘렀다.

딱!

1루 방향 관중석으로 들어가는 타구에 스캇 데이비스

는 다시 타석에서 벗어나더니 맹렬하게 배트를 휘둘러 댔
다.

타이밍이 조금 늦었다는 걸 스스로도 알고 있는 듯 배트
스피드가 조금 더 빨라진 것 같았다.

이제 3구다.

스캇 데이비스는 어떤 생각을 하고 있을까?

내가 변화구로 유인구를 던질 거라고 예상하고 있을까?

무슨 생각을 하는지 알 순 없지만, 스캇 데이비스는 타격
자세부터 배트를 쥐고 있는 모습까지 달라진 것이 하나도
없었다.

4번 타자의 자존심일지도 모른다.

미국 메이저리그의 타자들은 삼진을 당하더라도 배트를
짧게 쥐는 법이 없다고 했다.

미국 태생인 스캇 데이비스는 짧은 시간이지만 메이저리
그에서 중심 타선을 맡았던 적도 있으니 그에 따른 자존심
이 무척이나 셌다.

실제로도 국내에서 변화구 유인구에 속절없이 당하면서
도 배트를 단 한 번도 짧게 쥔 적이 없을 정도로 스캇 데이
비스는 자신의 자존심을 중요하게 여기고 있었다.

물론, 내 입장에서는 그게 자존심인가 싶지만 말이다.

던져 준다.

이번이 승부구다.

스캇 데이비스의 파워를 구위로 누를 수 있는지를 확인해보는 거다.

3번 타자였던 배형진에게 던졌던 160㎞가 넘는 제구력을 배제한 포심 패스트볼이 아니라, 내가 던질 수 있는 최고의 포심 패스트볼을 던져 준다.

코스는 몸 쪽으로 정했다.

아무리 자신이 있어도 한가운데를 던져 주는 건 바보나 할 짓이니까.

공을 힘껏 움켜쥐고 그대로 힘껏 던졌다.

쇄애애애액!

날아오는 공을 향해 스캇 데이비스가 보란 듯이 웃음을 지으며 배트를 휘둘렀다.

내가 포심 패스트볼을 던질 줄 알았다는 듯 맹렬하게 풀 스윙을 했다.

따—악!

공이 높이 떠오르며 내 눈 앞에서 순식간에 머리 위로 넘어갔다.

'설마?'

황급히 고개를 돌리니 중견수인 김추곤 선배가 뒤로 달리고 있었다.

홈런임을 예상한 듯 1루를 향해 느릿하게 달리는 스캇 데이비스는 오른팔까지 추켜올리고 있었다.

저런 모션을 취한다는 건 흔히 말하는 히팅 포인트(hitting point)를 제대로 때렸다는 뜻이다.

타자는 스스로 친 타구에 대해서 누구보다 잘 안다.

이건 홈런이고, 이건 안타라는 걸 누구보다 확실하게 알 수 있다.

그러니 현재 스캇 데이비스의 퍼포먼스는 홈런이라는 걸 수많은 관중과 TV를 지켜보는 시청자들에게 대놓고 알리는 거였다.

관중들의 함성과 탄성이 교차됐고, 양 팀 더그아웃에서는 모든 선수들이 얼굴을 내밀고 타구를 바라보고 있었다.

꽤 높은 지점까지 떠올랐던 공은 담장을 넘어갈 것만 같았다.

'첫 번째 피홈런인가?'

나 역시 홈런이라고 예상할 때였다.

펙.

높이 떠오르며 당장에라도 담장을 넘겨 버릴 것만 같았던 타구는 워닝 트랙(Warning track)에서 잡히고 말았다.

1루를 막 밟으려던 스캇 데이비스는 딱딱하게 굳은 표정으로 멈춰 섰고, 김추곤 선배는 자신의 글러브에 타구가 들어왔다는 걸 다시 한 번 확인이라도 시켜주려는 듯 공을 꺼내 들며 유격수인 박상천 선배에게 송구했다.

함성을 질렀던 관중들은 탄성을 뱉어냈고, 탄성을 지르던 관중들은 함성을 터트렸다.

타구가 마지막에 힘을 잃고 떨어진 거다.

구위로 스캇 데이비스의 파워를 눌렀다는 사실에도 난 전혀 기쁘지 않았다.

안심할 수 없다.

상대는 메이저리그를 호령하는 괴물 타자가 아닌 국내 리그의 용병 타자일 뿐이다.

'메이저리그였다면 홈런이다.'

변명할 여지가 없는 홈런이다.

내 구위가 통하지 않는다는 뜻이니, 결코 웃을 수 없는 일이다.

구속을 끌어 올리면서 구위 역시 더 높여야만 한다.

지금의 구위와 구속이라면 메이저리그에서 활약하는 타자들을 압도할 수 없을 거란 사실을 오늘 확실하게 깨달았다.

─스캇 데이비스 선수, 홈런임을 확신했습니다만 결국

마지막에 타구가 힘을 잃고 중견수 김추곤 선수의 글러브에 잡히고 말았습니다.

　─화면에서 보시면 아시겠지만 제대로 맞았어요. 노리고 배트를 돌렸다는 뜻이죠. 스캇 데이비스 선수도 자신이 가장 자신 있는 패스트볼을 제대로 타격했다는 걸 알기에 홈런을 의심하지 않았어요. 그런데도 담장을 넘기지 못했다는 건, 차지혁 선수가 던진 포심 패스트볼의 구위가 굉장하다는 걸 입증한 거예요. 스캇 데이비스 선수조차 홈런을 만들어내지 못하는 차지혁 선수의 구위를 과연 국내의 그 어떤 타자가 홈런으로 만들어낼 수 있을지 궁금하군요.

　─전반기 동안 피홈런이 하나도 없는 차지혁 선수입니다. 그 이유를 방금 스캇 데이비스 선수가 확실하게 보여준 것 같습니다.

　스캇 데이비스를 구위로 누르고 나니 이후 타자들을 상대로는 한결 편안한 마음으로 공을 던질 수 있었다.

　결국, 3회 말까지 오로지 포심 패스트볼로만 창원 타이탄스의 타선을 완벽하게 막아버렸다. 투구수도 고작 28개밖에 되지 않았다.

　더그아웃으로 들어가는 동안, 3루 쪽 관중석에 두 젊은 남자의 대화 소리가 들렸다.

"설마 오늘 퍼펙트 하는 거 아냐?"

"퍼펙트?"

"그래! 오늘 차지혁 컨디션 작살나잖아? 이런 날 퍼펙트 게임 달성하는 거지!"

"그래도 그렇지, 퍼펙트가 쉽게 나오겠어?"

"너 차지혁 모르냐? 데뷔전도 그렇고 5월 25일 완봉승에서도 피안타 딱 하나만 맞았었잖아. 저번 경기에서도 8이닝까지 던졌지만 역시 피안타는 하나밖에 없었고!"

"하긴, 차지혁은 매 경기마다 퍼펙트를 기대하게 만들긴 하지."

"내 말이 그 말이야! 오늘 3이닝 동안 직구만 던졌잖아? 4회부터 커브 섞어주고, 컷 패스트볼까지 던지면 퍼펙트가 나올 수도 있지!"

벌써부터 퍼펙트게임을 말하는 관중들의 목소리에 나는 피식 웃음이 나왔다.

야구는 그렇게 쉬운 게 아니다.

아무리 구위가 뛰어나도 운이 나쁘면 안타를 맞기도 하고, 수비수 실책도 생기게 마련이다.

더욱이 고작 3회가 끝났을 뿐이다.

아직까지 6이닝을 더 던져야 하는 나에게 퍼펙트게임은

너무 멀게만 느껴졌다.

따─악!

─우와아아아아아아!

볼 것도 없이 타구가 총알처럼 좌측 담장을 넘어가 버렸다.

"결국은 하나 날려 버리네!"

메이슨 발레타가 환하게 웃으며 베이스를 돌았다.

앞서 2안타를 맞은 프레디 에르난데스는 졌다는 듯 고개를 흔들며 애꿎은 로진백만 주물러 대고 있었다.

3타수 3안타 1홈런.

완벽하게 메이슨 발레타가 프레디 에르난데스를 짓눌러 버린 경기다.

스코어는 2 : 0.

6회 1사 상황에서 2실점은 선발 투수로서 결코 부끄러운 성적이 아니다.

아쉽기는 하겠지만, 그래도 잘 던진 경기라 할 수 있다.

그럼에도 프레디 에르난데스는 패전 투수의 위기에 몰려 있었다.

창원 타이탄스의 투수 코치가 마운드에 올랐고, 프레디 에르난데스와 짧은 대화를 하고는 다시 내려갔다.

에이스의 자존심을 생각해서라도 7회까지는 맡겨 둘 생각인 거다.

　더욱이 다음 타석은 2타석 연속 삼진을 당한 장태훈 선배였다.

　야구는 기세가 올랐을 때, 정신없이 상대를 몰아쳐야 한다.

　프레디 에르난데스는 메이슨 발레타에게 오늘 하루 정신없이 얻어맞았고 홈런까지 줬다.

　살짝 흥분해 있을 거라는 걸 생각하고 신중하게 타격에 임하면 얼마든지 원하는 결과를 얻어낼 수 있다.

　만약, 장태훈 선배가 국내 최고의 타자라고 모두가 인정할 때의 기량이었다면 분명 연타석 홈런도 기대해 볼 만했을 거다.

　하지만 현실은 전혀 달랐다.

　부웅!

　"스윙! 타자 아웃!"

　바운드가 될 정도의 볼에 꼴사납게 스윙을 하며 3연타석 삼진을 당한 장태훈 선배였다.

　"으아아아아아악!"

　고함을 내지르며 장태훈 선배가 들고 있던 배트로 홈 플레이트를 내려쳤다.

배트가 부러지면서 하필이면 파편 조각 하나가 창원 타이탄스의 포수 유현민의 마스크 안으로 들어갔고, 비명과 함께 포수 마스크 사이로 핏물이 흘러내렸다.

갑작스런 상황에 모두가 놀라며 경기가 중단됐다.

창원 타이탄스의 몇몇 선수들이 장태훈 선배에게 거칠게 말을 했다.

그 상황에서 무조건 참아야 했을 장태훈 선배는 지지 않고 욕설을 했고, 순식간에 벤치 클리어링이 벌어지면서 분위기가 험악하게 변해 버렸다.

결국 장태훈 선배는 퇴장을 당해 경기장에서 쫓겨나고 말았다.

큰 부상은 아니었지만 눈 아래가 찢어지면서 유현민은 구급차를 타고 병원으로 향했고, 포수가 바뀌고 나서야 경기가 다시 이어졌다.

"태훈이 이 새끼는 왜 진상을 부려서 분위기만 흐려놓고 지랄인지!"

팀 내 가장 고참인 서영준 선배의 말에 더그아웃의 모두가 고개를 끄덕였다.

어수선한 분위기 속에서 타석에 들어선 그랜트 커렌은 초구부터 자신을 향해 공이 날아오자 배트를 집어던지고는 마운드를 향해 달려갔다.

누가 봐도 보복성 투구였다.

또다시 벤치 클리어링 사태가 벌어졌고, 경기가 중단되고 말았다.

Chapter 2

《돌풍의 대전 호크스! 잘되는 집안에도 우환은 있다?》

어제(6월 27일, 토요일)는 대전 호크스와 창원 타이탄스의 경기가 있었다. 현재 시즌 4위와 3위를 달리고 있는 두 팀 간의 양보할 수 없는 한판이 예상되는 치열한 경기였다.

창원 타이탄스를 1경기 차이로 바짝 쫓아가고 있는 대전 호크스는 이미 팀 내 에이스에서 한국 최고의 국내 좌완 에이스로 확실하게 자리를 잡은 슈퍼 루키 차지혁을 선발로 내세우며 승리를 예상했다.

11승 무패의 기록을 이어나가고 있는 대전 호크스의 차지혁은 많은 이들의 예측대로 1회 말부터 창원 타이탄스의 타선을 상대로 8구만을 던지며 압도했고, 기분 좋은 출발을 시작했다.

창원 타이탄스의 선발인 프레디 에르난데스 역시 4회 1점을 내주었지만, 5개의 탈삼진을 잡아내며 에이스로서의 확실한 모습을 보여줬다.

승부의 추가 대전 호크스로 넘어온 것은 6회 초, 대전 호크스에서 가장 뜨거운 배트를 자랑하는 메이슨 발레타의 솔로 홈런이었다.

이날 프레디 에르난데스는 유독 메이슨 발레타에게만 약한 모습을 보이며 3타수 3안타(1홈런)를 헌납하며, 결국 2실점을 하고 말았다.

무엇보다 대전 호크스의 선발 투수인 차지혁은 5회 말까지 단 하나의 피안타도 내주지 않으며 퍼펙트게임을 이어나가고 있었기에 2점이라는 점수 차이는 창원 타이탄스 타선에게 큰 부담이 될 수밖에 없었다.

결과적으로 창원 타이탄스는 차지혁을 넘어서지 못했다. 차지혁은 9회 말까지 창원 타이탄스 타선에 단 2개의 피안타만을 내주며 전반기 12승을 따냈고, 무패라는 기록을 이어나가며 기분 좋은 마무리를 할 수 있었다.

차지혁이라는 최강의 방패를 지닌 대전 호크스는 치열하게 순위 다툼을 하고 있는 창원 타이탄스와 전반기 마지막 경기 (6월 28일, 일요일)를 통해 3위 자리로 올라서느냐, 4위로 마무리를 하느냐를 남겨둔 상태다.

2026년 프로 야구 시즌이 개막하기 전까지만 하더라도 대전 호크스는 최약체 중 하나로 분류되었다. 하지만 차지혁이라는 슈퍼 신인이 에이스로 활약하고 탄탄한 팀워크를 통해 가을 야구를 노리는 강력한 경쟁자 중 하나로 등극했다.

실제로 차지혁이 선발로 나오는 경기에서는 현재 페넌트 레이스 1위를 달리고 있는 광주 피닉스조차 기피할 정도로 막강함을 자랑하고 있었다.

그러나 거칠 것 없이 잘나가는 대전 호크스에도 우환은 있었다. 바로 팀 내 4번 타자로 중심 타선을 이루고 있는 장태훈이 바로 그 주인공이다.

대전 호크스는 장태훈에게 180억이라는 초대형 이적 계약을 성사시키며 간판타자로서의 활약을 기대했지만, 시즌이 지날수록 장태훈에 대한 실망감만 커져 가는 상황이다. 그러던 장태훈이 어제 경기에서 기어이 사고를 치고 말았다.

프레디 에르난데스에게 3연석 삼진을 당한 직후, 분노를 조절하지 못하고 홈 플레이트로 내려친 배트의 파편이 창원 타이탄스 포수 유현민의 얼굴을 직격한 것이다.

그 사고로 인해 대전 호크스와 창원 타이탄스는 벤치 클리어

링 사태가 벌어졌고, 이후 보복성 투구에 다시 한 번 벤치 클리
어링 사태가 벌어지며……

◎ 중앙스포츠 양소원 스포츠 기자.
작성일 : 2026년 6월 28일 일요일.

　—내가 애초부터 장태훈은 글러 먹었다고 몇 번이나 말
했잖아! 그 새끼는 배에 기름이 잔뜩 차서 절박함이 없다
니까!
　—한국 최고의 먹튀!
　—제발 장태훈 좀 빼라! 그 새끼 삼진당하고 인상 쓸 때
마다 꼴 보기 싫어 죽겠다!
　ㄴ장태훈은 뺄 수가 없음. 올 시즌 연봉이 26억인데 어
떻게 쓰지 않을 수 있겠음? 대전 호크스도 울며 겨자 먹기
로 장태훈 선발 출전시키는 거임.
　ㄴ하반기 2군으로 보내 버리면 연봉 일부 삭감되는 거
아닌가요?
　ㄴ장태훈 계약할 때 2군행 거부 조항 넣었음 ㅋㅋㅋ 머
리는 좋은 놈인 게 분명함.
　ㄴ머리가 좋은 게 아니라 그 당시 장태훈 잡으려면 어쩔
수 없는 선택이었죠.

ㄴ헐! 선발 출전시키지 않아도 어쨌든 대전 호크스는 26억 뽑아내야 한다는 소리네.

ㄴ와~ 씨발, 나도 삼진당하고 진상 부리면서 26억 벌고 싶다.

—장태훈 26억, 차지혁 2억. 내가 차지혁이면 억울해서 공 던지기 싫겠다.

ㄴ장태훈 이 새끼는 연봉 몽땅 차지혁에게 줘야 함.

—장태훈 연봉 26억이든 260억이든, 대전 호크스가 가을 야구 가려면 반드시 빼고 가야 된다. 어제 경기도 장태훈 때문에 개판 될 뻔했다. 특히 보복성 투구가 그랜트 커렌 허벅지가 아니라 조금만 낮게 들어가서 무릎 맞았으면 시즌 아웃이었다. 그랜트 커렌 빠지면 진짜 대전 호크스 중심 타선 답 없다.

ㄴ답이 없기는! 발레타 무시하냐? 커렌은 어차피 한 방 때문에 중심 타선에 박혀 있는 거지, 실제로 가장 알토란 같은 활약하고 있는 타자는 발레타 한 명이다. 전 구단 통틀어 최강의 3번 타자가 발레타다.

ㄴ발레타가 확실히 날아다니기는 하지. 그런데 장태훈 4번으로 배치하면 찬스 때마다 고의사구로 거르는 거 못 봤나? 중요한 건 장태훈을 4번에 넣으면 흐름이 끊긴다는 거다.

ㄴ전부 아닥하고 형이 타순 짜준다. 1번 정현우, 2번 진
주호, 3번 김추곤, 4번 메이슨 발레타, 5번 그랜트 커렌,
6번 이태환, 7번 장근범, 8번 황대훈, 9번 박상천. 이렇게
후반기 들어가면 지금보다 공격력 더 좋아진다.

ㄴ3번 발레타, 4번 커렌, 5번 이태환, 6번 김추곤 이게
더 좋을 것 같네요.

ㄴ병신들, 지랄하고 자빠졌네. ㅋㅋㅋ

—진심으로 7월 트레이드 기간 동안 장태훈 다른 곳으
로 보냈으면 좋겠다.

ㄴ받아 주는 곳이 있을 까요? 26억짜리 선풍기를 과연
누가 받아 줄까요?

ㄴ25억 9천 9백만 원 연봉 보조해 주면 우리 대구 블루
윙즈에서 받아줄 용의는 있음. ㅋㅋ

"일본이라고요?"

유정학 단장은 이해할 수 없다는 표정으로 김태열 팀장
을 바라봤다.

"세이부 라이온스에서 의사 타진을 해왔습니다. 장태훈
을 보내주면 마츠다 히로키를 보내주겠다고 했습니다."

"마츠다 히로키요?"

"예."

"이 트레이드가 과연 의미가 있을 거라고 생각하는 겁니까?"

"확실히 손해가 큰 트레이드입니다. 마츠다 히로키는 올 시즌을 끝으로 계약이 종료되는 선수입니다. 계약상으로는 장태훈과 1년 차이지만, 중요한 건 마츠다 히로키는 이미 은퇴를 준비 중인 선수이고, 장태훈은 만에 하나라도 반전의 기회를 잡으면 앞으로 최소 4~5년은 더 현역으로 좋은 활약을 보일 수 있습니다. 간단하게 세이부 라이온스의 의도는 이미 은퇴 시점에 놓인 마츠다 히로키를 한국으로 보내 정리하고, 대신 장태훈이라는 가능성이 높은 선수를 다시 한 번 재기시켜 보겠다는 뜻입니다."

"이적료 한 푼 들이지 않고 장태훈을 집어 삼키겠다는 의도군요."

"대신 마츠다 히로키의 연봉 80%를 보조해 주겠다고 했습니다."

"그렇다 하더라도 우리 쪽 손해가 너무 크군요."

유정학 단장은 고개를 저었다.

장태훈의 존재는 대전 호크스에게 있어 계륵이었다.

성적도 좋지 않고 연봉만 많이 받아 챙기는 선수지만, 제대로 기량만 발휘하면 충분히 팀의 4번 타자 자리를 맡길 수 있었다.

문제는 더 이상 기다려 줄 시간이 넉넉하지 않다는 점과 그렇다고 이제와 헐값에 다른 팀으로 보내자니 찝찝하단 거다.

만약 헐값에 장태훈을 다른 팀으로 넘겨 버렸는데, 그곳에서 제 기량을 발휘한다면?

대전 호크스 입장에서는 속에서 열불이 터질 일이다. 그렇다고 대전에 붙잡아 둘 수도 없으니 결국은 넘겨야 하는데, 장태훈을 타 구단에 넘기는 일은 그리 어렵지 않다. 다만 조건이 문제일 뿐이다.

대전 호크스 입장에서는 어떻게든 조금이라도 더 손해를 만회하기 위해 좋은 선수나 일정 금액을 보상으로 요구하려고 했고, 다른 팀에서는 현재 장태훈의 상태만을 놓고 거래를 하려고 하니 서로 간의 조건이 맞질 않는 것이다.

가장 큰 걸림돌은 연봉이다.

특히 국내 구단들은 장태훈을 트레이드로 데려갈 경우 무조건 연봉 보조를 요구하고 있었다.

그 정도는 대전 호크스에서도 해줄 수 있었지만, 문제는 트레이드를 통해 데리고 올 수 있는 선수가 너무 한정적이고, 원하는 선수도 아니라는 사실이다.

"세이부 라이온스의 트레이드 제안은 거절합니다. 아무

리 생각해도 조건이 맞질 않고, 무엇보다 마츠다 히로키를 트레이드로 데리고 온다 하더라도 용병이라 엔트리에 넣을 자리가 없다는 점도 문제죠."

김태열 팀장도 그 점은 인정한다는 듯 고개를 끄덕였다.

한국 프로 야구에서 용병은 타자 2명, 투수 2명만 출전이 가능했다.

보유 선수는 타자, 투수 통틀어 6명까지 가능하지만, 실제로 국내 선수들보다 비싼 연봉을 주는 외국인 용병은 즉시전력감이 아니면 의미가 없었다.

현재 대전 호크스에서는 메이슨 발레타와 그랜트 커렌이 제 몫을 충분히 해주고 있었다.

이런 상황에서 다른 타자 용병을 데리고 와봐야 기존 선수들의 불만만 높일 수 있기에 외국 용병 타자를 트레이드로 영입하는 건 아무짝에도 도움이 되지 않았다.

"단장님 뜻은 잘 알겠습니다만, 현재 국내에서는 장태훈 선수를 트레이드 매물로 내놓기가 어렵습니다."

"장태훈은 일본이나 미국으로 보냅니다."

"예?"

"김 팀장님의 의견처럼 지금으로서는 장태훈을 국내 구단으로 트레이드시키는 건 손해가 크죠. 그러니 장태훈은 최대한 일본이나 미국으로 보내는 쪽으로 알아보세요. 그리고 투수 쪽 자원으로 괜찮은 선수를 찾아보죠."

"투수 말입니까? 지금 데이빗 하이드와 리처드 애스틴의 성적은 좋습니다만?"

데이빗 하이드 7승 6패, 리처드 애스틴 5승 5패.

승패로만 따지면 딱히 좋다고 할 순 없지만, 두 투수의 평균자책점이 각각 2.45와 3.14라는 걸 감안하면 상당한 활약을 해주고 있는 편이다.

유독 외국인 투수들이 선발로 나섰을 때에만 타격 지원이 좋지 않았기에 승리가 적은 거였다.

"물론 좋죠. 장태훈을 통해 데리고 올 투수는 우리가 쓸 투수가 아닙니다."

"그 말씀은… 삼각 트레이드를 시도하겠다는 뜻입니까?"

"삼각이 될지 사각이 될지는 가봐야 알겠지만, 중요한 건 현재 외국인 용병 투수들이 부진한 성적으로 골칫거리가 된 구단들이 제법 많다는 거겠죠."

유정학 단장의 말에 김태열 팀장이 곧바로 대답했다.

"부산 샤크스와 대구 블루윙즈의 경우에는 두 명 모두 부진해서 새로운 투수를 물색 중입니다. 여기에 창원 타이탄스 역시도 당장 후반기 성적에 따라 가을 야구를 하느냐,

못 하느냐를 판가름 할 성적이라 더욱더 이번 트레이드에 혈안이 되어 있는 상태입니다."

유정학 단장은 바로 그 점을 노려야 한다는 듯 말했다.

"우리에게 당장 필요한 전력감 선수로는 누가 있겠습니까?"

"우선 정현우 선수와 함께 테이블 세터를 구축할 수 있는 선수로는 부산 샤크스의 조문석 선수가 제격입니다. 수비 포지션도 좌익수로 현재 성적이 부진한 장근범 선수 대신 선발 엔트리에 넣기에도 좋습니다."

"조문석 선수라면 훌륭하죠."

"그리고 이번 트레이드에서 수원 드래곤즈의 우용탁 선수는 반드시 영입해야만 합니다. 장태훈 선수의 빈자리를 충분히 대체할 수 있는 선수로, 현재 수원 드래곤즈에서 포지션 경쟁에서 밀린 데다 감독과의 불화로 선수 본인도 트레이드를 요구하고 있습니다."

"우용탁을 데리고 오려면 누굴 매물로 내놔야 합니까?"

"수원 드래곤즈에서는 선발 투수를 원하고 있습니다."

"쉽지 않겠군요."

이 세상에 쉬운 트레이드는 없다.

어려운 트레이드를 해내는 것이 단장의 역량이고, 할 일이다.

"추진해 보도록 하죠."

"알겠습니다."

한국뿐만 아니라, 미국, 일본, 대만에서도 7월 달은 굉장히 바쁘게 흘러갔다.

시즌 중 구단들끼리 손익을 계산해 가며 선수를 트레이드하는 기간이기 때문이다.

더불어 IBAF 챔피언스 리그가 미국에서 열리기도 한다.

각 프로 리그 전 시즌 상위팀들은 세계 최고의 팀을 가리는 챔피언스 리그를 해야만 했고, 그 외의 팀들은 휴식을 하며 팀을 재정비하기에 바빴다.

이틀 후, 7월 1일이 되자 각 팀 간의 소리 없는 전쟁이 시작되었다.

*   *   *

많은 이들의 예상과는 다르게 전반기를 4위로 마감한 대전 호크스의 분위기는 더할 나위 없이 좋았다.

구단과 팬들은 벌써부터 가을 야구를 기대하고 있었다.

하지만 후반기에서도 좋은 성적을 바란다는 건 솔직히 욕심이나 다름없었다.

"백업 선수들의 기량이 너무 약하다는 게 대전 호크스의 유일한 약점입니다."

"그렇습니다. 1군과 1.5군의 실력 차이가 타 구단들에 비해 너무 큰 건 확실히 후반기 성적에 큰 영향을 미칠 겁니다."

최상호 코치와 아버지는 점심을 먹고 대화를 나누고 있었다.

대전 호크스가 전반기 4위로 무사히 7월 휴식월에 들어설 수 있었던 건 엄청난 행운이라 불러야 할 정도로 주전 선수들의 부상이 없었기 때문이다.

덕분에 주전 선수들의 피로감이 그 어떤 시즌보다 컸다.

전반기만 마쳤을 뿐인데, 벌써 후반기 중반에 이를 정도로 육체적 피로감이 상당한 선수들이 다수였다.

체력이 떨어지면 좋은 성적을 기대하기가 힘들다.

투수는 구속이 떨어지고 구위가 하락하며, 많은 이닝을 소화할 수가 없게 된다.

타자의 경우엔 체력적인 피로로 인해 항상 몸이 무겁다고 느낄 정도로 컨디션이 좋지 못하니 배트 스피드가 떨어지고 파워가 약해진다.

더불어 주력도 하락하고 집중력도 떨어지니 선구안에

문제가 생기고 가장 결정적으로는 수비력이 급락하게 된다.

투수에게 있어 수비력이 떨어지는 건 재앙에 가깝다.

타석에서 안타를 못 치는 타자들은 이해하고 넘어갈 수 있지만, 수비에서 에러를 남발하고 잡아야 할 타구를 잡지 못하게 되면 엄청난 스트레스를 받게 된다.

결과적으로 수비수들을 믿지 못하고 혼자서 해결하려는 마음이 커져 무리를 하게 된다.

무리를 하게 된 투수는 체력 소모가 심해지거나, 정신적으로 안정을 찾지 못해 제구력에 문제가 생기고 무엇보다도 부상이라는 치명적인 타격을 입을 가능성이 급격하게 높아진다.

투수력마저 바닥으로 추락하면 연패의 늪에 빠지고, 결국은 아무리 전반기 성적이 좋았다 하더라도 후반기 성적으로 인해 페넌트 레이스가 끝나갈 무렵에는 순위가 밑바닥까지 떨어지게 된다.

그 어떤 구단보다 대전 호크스의 하반기가 걱정되는 부분이다.

"그 여느 때보다도 트레이드가 절실한 상황입니다."

아버지는 당연하다는 듯 고개를 끄덕였다.

"트레이드는 반드시 필요한 부분이죠. 다만, 구단 측에서 어느 부분에 중점을 두느냐가 관건일 겁니다."

아버지의 말대로다.

대전 호크스는 현재 트레이드에 총력을 기울이고 있었다.

트레이드는 간단하다.

어떤 선수를 내주고 어떤 선수를 받아오느냐다.

당연히 구단끼리 이해관계가 맞아야 한다.

그리고 자신의 구단에 필요하지 않다 하더라도 순위 경쟁을 위해서라면 경쟁 구단에 넘어갈 선수를 중간에 가로채는 것 역시 필요했다.

말 그대로 구단을 경영하는 단장들 간의 피 튀기는 싸움이 바로 트레이드다.

지금까지 대전 호크스는 트레이드에 딱히 열을 올린 적이 없었다.

매년 전반기 순위가 바닥권이니 딱히 총력을 기울여 어떤 선수를 영입해야겠다는 의지가 없었다.

영입이 되면 좋고, 안 되면 할 수 없는 식이었다.

그러나 올해는 다르다.

"우선 1순위로 장태훈을 해외로 보낼 겁니다."

최상호 코치의 말에 아버지도 예상하고 있었다는 듯 대꾸했다.

"예상 가능합니다. 하지만 장태훈 한 명으로는 후반기를 장담할 수 없습니다. 무엇보다 장태훈을 보내고 어느 부분을 보완할 것인지가 중요합니다. 공격력을 강화할 것인지, 투수력을 보완할 것인지, 수비력을 단단하게 만들 것인지. 유정학 단장의 계획이 무엇인지 알 수 없지만, 이번 트레이드가 그에게는 상당히 중요한 문제가 될 겁니다."

"네 생각은 어떠냐?"

최상호 코치가 나에게 의견을 물어왔다.

말없이 최상호 코치와 아버지의 대화를 듣고만 있던 나는 차분하게 내 생각을 털어놨다.

"제가 단장이라면……."

*　　　*　　　*

《대전 호크스 칼을 빼들다! 간판타자 장태훈 대만 리그의 이다 라이노스(EDA Rhinos)로 전격 트레이드 감행!》

결국 장태훈 선배는 트레이드를 당했다.

생각보다 너무나도 빠른 트레이트였다.

장태훈 선배로서는 굴욕이었고, 자존심이 짓밟혔다.

트레이드 거부권이라도 있으면 버텼을 테지만, 아쉽게도

트레이드 거부권이 없는 장태훈 선배로서는 한국보다 수준이 떨어진다고 평가받는 대만 프로 리그로 떠날 수밖에 없었다.

프론트 직원의 말에 의하면 장태훈 선배는 트레이드가 결정된 즉시 단장을 찾아와 온갖 고성을 지르며 횡포를 부렸다고 했다.

그리고 저주에 가까운 악담을 퍼붓고 떠났다고 했다.

마지막까지 좋은 모습은 보여주지 않았다.

전지훈련과 시범 경기, 시즌 초까지만 하더라도 부활을 위해 노력했던 모습이 안타깝게만 느껴졌다.

《대전 호크스, 청신민(Chung Hing—Man)과 조문석 트레이드!》

장태훈 선배를 내주고 이다 라이노스로부터 영입을 해온 청신민을 다시 부산 샤크스로 보내 버렸다.

청신민은 25살 젊은 투수로 최고 구속 157km의 빠른 포심 패스트볼과 커브, 슬라이더, 포크볼을 편안하게 구사할 줄 알았다.

작년 대만 프로 리그에서 좋은 성적을 거두며 이다 라이노스의 에이스로 활약을 했고 일본과 미국에서도 관심을 받았지만, 이적료 문제로 인해 발목이 잡히고 말았다.

이적이 불발되자 그에 따른 영향 때문인지 올 시즌 성적이 부진했고, 계약 기간이 1년밖에 남아 있지 않은 상황에서 재계약을 거부하고 있었기에 이다 라이노스에서 과감하게 장태훈과 트레이드를 시켜 버린 거였다.

물론 이면에는 대전 호스크에서 거액의 현금을 추가로 줬다는 소문도 무성했다.

그렇게 데리고 온 청신민을 대전 호스크는 곧바로 부산 샤크스의 조문석과 맞바꿔 버렸다.

부산 샤크스의 용병 투수들이 모조리 성적 부진으로 돈값을 못하고 있는 상황에서 스펙만 놓고 보면 결코 떨어지지 않는 청신민은 투자 가치가 충분한 투수였다.

조문석의 경우 부산 샤크스에서 1번과 2번을 오가며 테이블 세터로서의 역할을 톡톡하게 해주고 있었지만, 부산 샤크스로서는 선발 투수가 급급한 상황이라 트레이드를 거절할 수가 없었다.

결과적으로 대전 호스크는 장태훈을 보내고 조문석을 얻은 것이다.

이 트레이드로 인해 많은 이들은 대전 호스크가 절대적으로 손해를 봤다고 말했다.

내가 보기에도 마찬가지였다.

그 동안 장태훈에게 투자했던 돈에다가 이적료는 고사하고 오히려 웃돈을 더 줘가며 장태훈을 내보냈으니 대전 호크스에게는 오래도록 기억될 최악의 계약이었다.

《대전 호크스, 대구 블루윙즈, 수원 드래곤즈 대형 삼각 트레이드 성사!》

역대급의 삼각 트레이드가 성사됐다.

대전 호크스에서는 전반기 훌륭한 모습을 보여줬던 마무리 투수 안주민을 대구 블루윙즈로 보냈다.

대구 블루윙즈에서는 4선발로 활약을 해온 투수 여민기를 수원 드래곤즈로 보냈고, 수원 드래곤즈에서는 1루수 우용탁을 대전 호크스로 보내는 대대적인 삼각 트레이트가 합의를 이뤘다.

전반기 21세이브를 올리며 세이브 부문 1위에 올라가 있는 특급 마무리 안주민을 대전 호크스에서 과감하게 포기하면서까지 얻은 1루수 우용탁은 전반기 0.275의 타율에 9개의 홈런만을 기록하고 있었다.

성적 자체만 놓고 본다면 대전 호크스 프론트가 말도 안 되는 미친 트레이드를 벌인 셈이다.

무엇보다 안주민은 이제 28살의 젊은 투수로 계약 기간도 4년이나 남아 있었다.

작년까지 선발로 뛰다가 올 시즌 마무리로 변신해서 대성공을 거둔 안주민은 벌써부터 국내 최고의 마무리라는 찬사를 받고 있었다.

그런 마무리 투수를 순위 경쟁을 벌이고 있는 대구 블루윙즈로 보낸 것이다.

"우용탁 외에도 대구 블루윙즈로부터 내야수 강호진과 수원 드래곤즈의 외야수 고정수를 받기로 했다고 합니다."

황병익 대표의 말에 이해할 수 없다는 듯 대꾸했다.

"아무리 생각해도 안주민 선배를 트레이드시킨 건 큰 실수인 것 같습니다."

현대 야구에서 마무리 투수가 갖는 중요성은 얼마나 될까?

개인마다의 차이가 있겠지만, 적어도 내가 생각하는 마무리 투수의 가치는 15승을 달성하는 선발 투수 정도의 가치가 있다고 생각했다.

마무리 투수가 확실하지 못한 팀은 우승 언저리에도 못 간다는 말이 있다.

올 시즌 대전 호크스가 전반기 4위라는 높은 성적을 유지할 수 있었던 것도 안주민이라는 특급 마무리가 버티고 있었기 때문이다.

그런 안주민을 트레이드시켰다는 사실에 후반기 성적이 굉장히 걱정스러울 수밖에 없었다.

"그렇게 생각할 수밖에 없을 겁니다."

황병익 대표 역시 같은 의견이라는 듯 그렇게 말했다.

과연 후반기에 누가 안주민 선배의 역할을 수행할 것인가?

나에게도 대단히 중요한 문제다.

내 승리를 4번이나 책임을 져 준 안주민 선배였다.

이제 누구를 믿고 맡길 수 있을지 나 역시 무척이나 궁금했다.

"차지혁 선수?"

팀에서 누가 마무리를 맡을 수 있을까 생각하던 내게로 잘생긴 중견 배우가 다가왔다.

국민 배우 송강우였다.

천만 관객을 넘긴 영화만 5편에 이르는 송강우는 TV로 봤던 모습과 하나도 다르지 않았다.

동네 아저씨 같은 편안한 느낌이었다.

"안녕하세요. 차지혁입니다."

"아~ 진짜 반가워요! 요즘 차지혁 선수 덕분에 야구 볼 맛이 나더군요!"

진심으로 반가워하며 악수를 해오는 송강우였다.

송강우는 내가 봐왔던 영화에서처럼 유쾌한 사람이었다.

진지할 때는 한없이 진지한 사람이었지만, 기본적으로 주변을 즐겁고 편안하게 만드는 분위기가 있었다.

"참 대단하네. 나는 그 나이 때, 이런 생각은 해본 적도 없었는데."

송강우의 칭찬에 나는 어색하게 웃기만 했다.

광고 촬영장에 와 있었다.

7월 휴식월에 3편의 광고 촬영을 하기로 계약한 상태였다.

환경 오염에 관한 광고, 기부와 나눔에 대한 광고, 마지막으로 세계적으로 방송되는 유니세프의 후원 광고까지 일정이 잡혀 있었다.

오늘은 그 첫 번째 일정으로 환경 오염에 관한 광고를 찍을 예정이었다.

함께 출연하기로 한 배우가 송강우라는 건 계약을 하고 난 후에야 알게 되었다.

촬영장에서 송강우와 만나 야구에 대한 이야기부터 시작해서 영화와 환경 오염, 기부에 대한 이야기까지 시간 가는 줄 모르고 대화를 나누며 친분을 쌓았다.

사람 사귀는 것에 서툴렀음에도 친근하게 먼저 접근을 해온 송강우 덕분에 꽤 가까워질 수 있었다.

  "광고 촬영 들어가겠습니다!"

  촬영 스태프의 말에 송강우와 나는 함께 일어나서 카메라가 설치되어 있는 곳으로 함께 걸어갔다.

  "컷! 오케이!"

  감독의 사인이 떨어지자 곧바로 촬영에 임했던 모든 사람들이 수고했다는 인사를 건넸다.

  "수고했다, 지혁아! 웬만한 배우보다 카메라 앞에 잘 서니 나중에 은퇴하면 배우 해도 되겠는데?"

  "그럴 리가 있겠습니까."

  "현역 배우의 말을 무시하는 거야? 너 정말 잘했다니까."

  송강우의 말을 나는 그러려니 넘겼다.

  이후 하루 종일 고생한 사람들에게 인사를 마치고 집으로 돌아가려고 하자, 송강우가 저녁을 함께하자고 제안을 했다.

  아버지보다도 나이가 많은 송강우인지라 친분이 있다 하더라도 단둘이 저녁을 먹기엔 부담스러웠다.

  결국 황병익 대표까지 함께 저녁을 먹었다.

저녁을 먹으며 술까지 마신 송강우는 기분 좋게 취기가
오른 모습으로 내게 종이를 내밀었다.

"지혁아, 사인 한 장 해줘라. 명색이 대한민국 최고의 투
수인데 사인 한 장은 받아둬야지."

"잠시만 기다리세요."

곧바로 가방에서 사인볼을 꺼내 그곳에 글을 추가해서
건네줬다.

항상 건강하시고, 좋은 영화로 2천만 관객이 들길 기원하겠
습니다.

"2천만? 하하하하! 그래! 네 말대로 내가 꼭 2천만 영화
를 찍고 만다!"

송강우는 내가 쓴 글을 확인하고는 기분 좋게 웃었다.

서로 연락처까지 교환하고 나서 나는 황병익 대표와 함
께 집으로 돌아왔다.

시간이 늦었지만, 저녁 운동을 빼먹을 순 없었기에 결국
12시가 다 되어서야 운동을 마치고 침대에 누울 수 있었다.

쾅!

"오빠! 오늘 송강우랑 광고 촬영했어?"

방에 들어온 지아는 핸드폰을 내 눈 앞에 내밀었다.

액정 화면 속에는 저녁을 먹으면서 다정하게 사진을 찍은 송강우와 내 모습이 선명하게 나타나 있었다.

송강우가 SNS를 통해 오늘 일을 게시해 놓은 거였다.

"오빠가 지금 인터넷 검색어 1위야!"

나에 대한 칭찬을 한없이 늘어놓은 송강우로 인해 실시간 검색어 최상위에 나와 송강우의 이름이 올랐다는 지아의 말을 들으며 눈을 감았다.

하루 이틀 일도 아니고 이제는 별다른 감흥도 없었다.

광고 촬영이라는 게 생각보다 힘들었고, 앞으로 2번이나 더 촬영을 해야 한다는 게 걱정스러울 뿐이었다.

＊　　　＊　　　＊

—라이언 칼! 연장 12회 말, 끝내기 투런홈런으로 디트로이트 타이거스(Detroit Tigers)와의 승부를 다시금 원점으로 돌려놓습니다! 이로서 클리블랜드 인디언스(Cleveland Indians)는 라이언 칼의 극적인 투런홈런에 힘입어 1차전의 패배를 설욕하며 22일 마지막 3차전으로 2026년 IBAF 챔피언스 리그의 최종 승자를 가리게 되었습니다.

"와~ 저 사람 힘 엄청 센가 보다."

라이언 칼의 끝내기 투런홈런 영상을 바라보던 지아가 갑자기 날 빤히 바라봤다.

"왜?"

"오빠, 저런 괴물들하고 야구 할 수 있겠어?"

"그러려고 매일 운동하잖아."

"그래도 그렇지 어떻게 저런 괴물들하고……."

지아는 고개를 절레절레 저으며 소파에서 몸을 일으켰다.

"주스 줄까?"

"고마워."

부엌으로 가는 지아를 뒤로하고 연속적으로 라이언 칼의 홈런 영상을 되돌리며 반복해 주는 TV를 물끄러미 쳐다봤다.

확실히 지아의 말대로 라이언 칼의 홈런은 무지막지한 힘이 만들어 낸 결과물이었다.

볼이었다. 그것도 안쪽 무릎 밑으로 파고들어 오는 낮은 볼을 라이언 칼은 그대로 때려서 우측 담장을 훌쩍 넘겨 버렸다.

마운드 위에 서 있는 투수는 물론, 디트로이트 타이거스의 감독조차도 고개를 좌우로 흔들며 헛웃음을 짓고 있었다.

말도 안 되는 코스의 볼을 오로지 힘 하나로 걸어 올려 버린 거다.

괜히 메이저리그의 홈런 타자가 아니었다.

지아의 말대로 저런 괴물과 승부할 수 있을까?

승패를 떠나서 해보고 싶다는 승부욕이 생기기는 했다.

이기든 지든, 당당하게 정면으로 대결을 벌여보고 싶었다.

"자."

지아가 건네는 오렌지 주스를 받아들며 고맙다고 말을 하자 지아가 옆에 앉으며 물었다.

"다음 주에 올스타전이지?"

"30일."

오늘이 21일이니, 앞으로 9일 남았다.

프로 야구의 축제인 올스타전이다.

이번 올스타 투표에서 선발 투수 부문 1위에 전체 선수 1위까지 거머쥔 나였다.

2위와의 표 차이가 2배 이상이 날 정도로 압도적인 득표율이었다.

"올스타전에 나가는 소감이 어때?"

"별거 없어."

간단하게 대답하고 주스를 꿀꺽꿀꺽 마셨다.

어머니가 직접 오렌지를 사서 갈아 놓은 주스라 그런지 맛이 일품이었다.

"니가 그럼 그렇지."

지아는 뭘 바라겠냐는 듯 고개를 흔들었다.

국민 배우 송강우와 광고를 찍었을 때에도, 국민 여동생이라 불리는 박혜영과 다정하게 광고 촬영을 했을 때에도 딱히 별다른 느낌이 없었던 걸 지아는 인정할 수 없다며 며칠 동안이나 날 괴롭혔었다.

"아프리카는 어땠어?"

지아가 TV 채널을 이리저리 돌리며 대충 물어왔다.

유니세프 후원 광고 촬영을 위해 아프리카에 갔다가 오늘 아침에 귀국한 상태였다.

아프리카에서의 촬영은 솔직히 충격적이었다.

TV 후원 광고로만 보던 모습을 실제로 접하니 정말 머릿속이 멍해지는 기분이었다.

같은 세상에 살고 있다는 사실이 믿겨지지 않을 정도였다.

"내가 정말 행복한 사람이라는 걸 느끼게 됐다. 더불어 그 사람들에게 미안한 기분도 들었고."

"응?"

지아가 TV에서 나에게로 시선을 옮겼다.

"지아야, 너도 네가 얼마나 행복한 사람인지를 꼭 기억하면서 살아야만 해."

지아의 머리를 쓰다듬으며 그렇게 말했다.

아프리카에서 본 기아와 난민들의 모습은 끔찍했다.

내가 몸 건강하게 대한민국이라는 평온한 나라에서 마음 따뜻한 부모님의 아들로 태어난 것이 얼마나 큰 축복이며 행운인지 뼈저리게 알게 되었다.

"뭐, 뭐 하는 거야!"

내 손을 탁 쳐내며 지아가 날 노려봤다.

말과 행동은 저래도 빨갛게 달아오른 볼이 무척이나 부끄러워하고 있다는 걸 잘 알고 있었다.

이러니저러니 해도 결국 지아는 15살의 소녀일 뿐이다.

겉으로는 아닌 척해도 속으로는 나를 얼마나 걱정하는지도 잘 알고 있었다.

"꼬맹이가 부끄러운가… 윽!"

"헛소리하고 있네! 흥!"

내 옆구리를 사정없이 꼬집고는 제 방으로 서둘러 올라가는 지아의 모습을 보며 나는 흐뭇하게 웃고 말았다.

아프리카까지 갔다 와서 몸 컨디션이 좋지 않았기에 휴식 겸 소파에 늘어져서 TV를 돌리던 와중에 핸드폰이 울렸다.

놀랍게도 올해 들어 단 한 번도 개인적으로 연락을 한 적이 없었던 백유홍 감독이었다.

"예, 감독님. 차지혁입니다."

—아프리카는 잘 갔다 왔나?

"예, 잘 다녀왔습니다."

—참 대단하군. 남들은 상업 광고를 하나라도 더 찍으려고 할 텐데 자네는 전혀 반대의 길을 가고 있으니 말이야.

뜬금없이 이런 말이나 하려고 전화를 한 것이 아님을 잘 알기에 나는 곧바로 본론으로 들어갔다.

"하실 말씀이라도 있으십니까?"

—실은 자네와 중요하게 의논하고자 하는 일이 있네. 내일 별다른 일정이 없다면 한 번 만나는 게 어떻겠나?

"제가 찾아뵙겠습니다."

—그러면 내일 보겠네.

"예."

무슨 일일까?

단 한 번도 개인적으로 연락을 해온 적이 없었던 백유홍 감독이 이렇게까지 연락해 왔다는 점이 보통 일은 아닌 것이 분명했다.

잠시 이유를 생각하다 이내 머리를 흔들며 궁금증을 털어냈다.

내가 아무리 생각을 한다고 하더라도 알 수 없는 문제였다.

"내일 만나보면 알겠지."

다시금 TV 채널을 돌려보다 끝내 선택한 건 역시나 야구 관련 프로그램이었다.

Chapter 3

똑똑똑.

"차지혁입니다."

"들어오게."

방문을 열고 들어가자 뜻밖에도 백유홍 감독을 찾아온 사람은 나뿐만이 아니었다.

백유홍 감독과 마주앉아 있는 사람이 있었는데, 다름 아닌 유정학 단장이었다.

"안녕하십니까, 단장님."

내가 인사를 건네자 유정학 단장이 웃으며 인사를 해왔다.

역시나 아프리카에 잘 갔다 왔냐는 안부 인사였다.

"단장님께서 계신 줄 몰랐습니다. 먼저 대화 나누실 때까지 훈련장에서 기다리고 있겠습니다."

내가 방을 나가려고 하자 유정학 단장이 급히 날 막았다.

"백 감독님과 함께 차지혁 선수를 기다린 겁니다. 나갈 필요 없으니 이쪽으로 앉으세요."

유정학 단장의 말에 내가 백유홍 감독을 바라봤고, 그는 고개를 끄덕였다.

자리에 앉으니 유정학 단장과 백유홍 감독이 서로 눈치만 살피는 모습이 눈에 들어왔다.

무언가 나에게 할 말이 있다는 건데, 두 사람 모두 서로에게 미루고만 있으니 지켜보는 내가 답답할 정도였다.

그렇다고 먼저 입을 열 수가 없어 가만히 기다리니 이윽고 유정학 단장이 조심스럽게 입을 열었다.

"다른 게 아니라, 차지혁 선수에게 부탁하고 싶은 일이 있습니다."

"편하게 말씀하셔도 됩니다."

"그러니까……."

무슨 말이기에 저렇게 뜸을 들이는 걸까?

유정학 단장은 작게 한숨을 내쉬고는 마음을 확실하게 다잡았는지 말을 했다.

"차지혁 선수의 후반기 등판 일수를 조정했으면 합니다."

"예?"

후반기 등판 일수를 조정한다는 말은 확실히 의외였다.

전반기 동안 철저하게 5선발 로테이션을 지켰다.

덕분에 체력적인 부담도 덜했고, 그 결과 좋은 성적을 낼 수 있었다.

그런데 후반기에 등판 일수를 조정한다는 건, 날 한 번이라도 더 선발로 올리겠다는 말이고 그건 곧 로테이션에 변화를 주겠다는 뜻이다.

선발 등판이 늘어나는 건 나쁘지 않았지만, 로테이션 일정이 꼬이거나 적절한 휴식을 할 수 없다면 절대 용납할 수 없는 문제였다.

신인 투수니까 구단에서 시키는 대로 한다?

그런 구시대적 발상에 강압적인 태도는 이미 오래전에 사라졌다.

"우선 이유부터 묻겠습니다. 왜 제 등판 일수를 조정하겠다는 뜻입니까?"

"전반기 선발로 활약했던 오주영 선수를 후반기 마무리로 돌리고 불펜 투수였던 서유민 선수를 선발 로테이션에 넣었습니다. 그런데 서유민 선수를 로테이션 일정대로 꼬

박꼬박 등판시키는 일이 아무래도 힘들 것 같아 그럽니다."

힘들 것 같다?

더 정직하게 말해서 승률을 높이기 위해 확실한 카드를 쓰겠다는 뜻이다.

오주영 선배는 전반기 동안 평균자책점 3.57에 6승을 거뒀다.

나쁘지 않은 성적이었다.

선발의 한 축을 맡기기엔 충분했다.

물론, 작년보다는 떨어진 성적이고 후반기 체력 저하로 올 시즌도 걱정을 사고 있기는 했지만, 오주영 선배가 선발 로테이션에서 빠진다는 건 생각보다 큰 손해였다.

서유민 선배는 전반기 동안 불펜 투수로서 안정적인 활약을 보여줬고, 무엇보다도 선발 투수들이 컨디션 난조 등으로 일찍 강판을 당하면 가장 먼저 등판해서 여러 이닝을 책임져주는 롱릴리프(long relief)의 역할을 톡톡하게 해주었었다.

오주영 선배의 빈자리를 메차기엔 그리 나쁜 카드가 아니었다.

결국, 드래프트를 통해 확실한 마무리 투수였던 안주민을 내보낸 것이 이런 식으로 선발 로테이션에 변화를 주게 된 셈이다.

선수단 관리는 오로지 유정학 단장의 몫이니 누구도 관여할 수가 없는 부분이다.

감독이라 하더라도 그렇다.

좋든 싫든 단장이 만들어 놓은 선수단 내에서만 기용이 가능했다.

그게 감독의 역량이고, 역할이다.

"선발 등판 일수는 어떻게 조정하시겠다는 뜻입니까?"

내 물음에 유정학 단장이 백유홍 감독에게로 시선을 던졌다.

이제 네 차례라는 듯한 신호였다.

신호를 받은 백유홍 감독이 두 장의 달력을 내게 건네줬다.

두 장의 달력은 8, 9, 10월까지 존재했고, 거기엔 각각 다른 날짜에 붉은색으로 동그라미가 쳐져 있었다.

첫 번째 달력에는 8월에 6번, 9월에 6번, 10월에 2번 붉은색 동그라미가 쳐져 있었다.

두 번째 달력에는 8월에 5번, 9월에 6번, 10월에 1번 붉은색 동그라미가 쳐져 있었다.

"두 달력의 차이점을 알겠나?"

백유홍 감독의 물음에 나는 차분하게 달력을 바라보다 고개를 끄덕였다.

차이점을 발견했다.

"예. 알겠습니다. 첫 번째 달력은 로테이션에 관계없이 등판 일수로 4일 휴식을 줬고, 두 번째 달력은 전반기와 마찬가지로 로테이션에 맞춰서 선발 등판 일을 표시한 것 아닙니까?"

"맞네."

페넌트 레이스는 9일 동안 연속으로 경기를 하고 하루를 쉰다.

1선발의 경우 1일 선발로 나오면 다음 등판 일은 6일이 된다. 그리고 세 번째 등판일은 12일이 된다. 4일 휴식으로 따지면 11일이 등판 일이 되지만, 5선발이 11일에 등판하니 12일로 밀리게 되는 셈이다.

즉, 휴식일이 하루 늘어나게 되는 거다.

하지만 로테이션에 관계없이 4일 휴식에만 맞추면 11일이 세 번째 등판 일이 되는데, 유정학 단장과 백유홍 감독은 이 점을 노리고 있는 거였다.

이렇게 로테이션을 꾸릴 경우 당장 나만 하더라도 2경기가 늘어난다.

더불어 2선발과 3선발에도 영향을 미친다.

즉, 상대적으로 위력적인 투수들이 경기 수가 늘어나니 팀 전체 선발진의 힘이 강화되는 셈이다.

반대로 4, 5선발 투수의 경우 보장되어 있던 경기 수가 줄어들 수밖에 없어진다.

실제로 몇몇 구단은 확실한 네 명의 선발 투수에 한 명의 불확실한 선발 투수를 끼워 맞춰서 로테이션이 아닌, 휴식일에 맞춰 마운드에 올리고 있기도 했다.

더욱이 후반기에는 거의 모든 구단들이 확실한 투수들로 새롭게 로테이션을 꾸린다.

그러니 현재 나에게 보여주는 선발 등판 일정은 꼼수도 아니고 나쁘다고 말할 수도 없었다.

어쨌든 투수들에게는 확실한 4일 휴식이 정해져 있기 때문이다.

내게도 나쁜 제안은 아니다.

이미 올 시즌을 끝으로 메이저리그로 이적이 확실시되는 상황이었기에 한 번이라도 더 선발 등판을 하는 게 내게도 좋았다.

국내 팬들을 위해서도 좋고, 내 개인의 성적 욕심을 부리기에도 좋았다.

하지만 아무리 좋아도 한 번에 승낙할 정도로 어리석지 않았다.

"에이전트와 상의해 보도록 하겠습니다."

내 말에 백유홍 감독은 살짝 눈만 찌푸렸다.

내 의도를 모르지 않는다는 듯 날 바라보는 눈빛이 아주 날카로웠다.

유정학 단장도 마찬가지였다.

하지만 선발 등판 일수를 조정하는 건 구단이 아쉬워서 하는 일이기에 내게 뭐라고 할 처지가 되지 못했다.

"좋은 방향으로 결론을 내려줬으면 좋겠군요."

유정학 단장의 말에 나는 알겠다는 대답과 함께 고개를 끄덕였다.

"올스타전에서 선발 등판이라고 했나?"

"예."

내 대답에 백유홍 감독이 입맛을 다셨다.

정말 길어야 3이닝밖에 던지지 못한다 하더라도 어쨌든 선발로 공을 던지는 바람에 페넌트 레이스 후반기가 시작되는 8월 1일에는 다른 투수를 선발로 올려야만 하기 때문이다.

때문에 몇몇 올스타로 뽑힌 각 팀의 에이스 투수들은 이런저런 핑계를 대며 올스타전에서 등판을 하지 않기도 했다.

어차피 올스타전에서 스포트라이트를 받는 건 타자들이다.

투수들은 예외적이다 싶을 정도로 오래 던져야 3이닝이

고, 보통은 1이닝에서 2이닝이면 마운드를 내려가야 하기에 많은 빛을 볼 수가 없었다.

그러다 보니 역대 올스타전에서 투수가 MVP를 탄 경우는 고작 3번밖에 없었다.

그 외에 41번은 모조리 타자의 몫이었다.

이러니 투수로서는 올스타전에서 굳이 무리를 하면서까지 마운드에 오를 이유가 없었다.

나로서는 MVP라는 타이틀 같은 건 중요하지 않았다.

생에 최초이자, 마지막이 될지도 모를 국내 무대에서의 올스타전이었기에 꼭 등판을 하고 싶었을 뿐이다.

"절대 무리하지 말게."

백유홍 감독의 말에 나는 그러겠다고 대답을 하고는 10분 정도 이런저런 잡담을 하다가 방을 빠져나왔다.

곧바로 황병익 대표에게 전화를 걸었다.

협상은 내가 아닌 에이전트의 몫이었다.

*　　　*　　　*

"올스타전?"

"응. 티켓이 비싸기는 한데, 구하려면 구할 수 있을 것 같기도 하거든."

에바는 곧바로 고개를 저었다.

"만약 차지혁을 보기 위해서 가는 올스타전이라면 차라리 TV로 편안하게 보는 게 낫질 않겠어? 어차피 선발로 등판한다 하더라도 2이닝 정도 던지고 내려갈 텐데, 굳이 비싼 돈 주고 경기장까지 갈 필요가 있을까 싶어."

"그런가?"

야구 자체를 좋아하는 정혜영이었지만, 지금은 오로지 차지혁 한 사람만의 팬이 되어버린 상태였다.

그렇다고 대전 호크스에 대한 애정이 식은 건 아니다.

다만, 공부하느라 바쁜 시간을 빼가며 보는 경기가 차지혁 선발 경기뿐이었다.

"그리고 나는 다음 주에 집에 한 번 갔다 와야 할 것 같아."

"미국?"

"응. 다음 학기면 한국 생활도 끝이 나니까 조금씩 정리해야 할 일들도 있고. 작년 여름 방학 때 집에 갔다 온 이후로 가보질 못해서 가족들이 보고 싶기도 하거든."

"하긴, 1년이나 집에 못 갔으면 정말 가고 싶겠다. 그래, 에바 말대로 나도 집에 내려가서 TV로 올스타전을 봐야겠다."

사실, 웃돈을 쥐가며 티켓을 구할 생각이었던 정혜영은

이내 깨끗하게 포기했다.

에바가 함께 간다면 모를까, 혼자서 올스타전에 가고 싶지는 않았다.

"혜영, 교환 학생 프로그램을 알아봤는데 아쉽게도 내년에는 한국 쪽에서 교환 학생을 받지 않는다고 하더라고. 유럽 쪽 몇몇 학교만 자리가 나왔다고 해."

"아… 그래."

"미안, 혜영."

"아니야! 에바가 나한테 미안할 이유가 어딨어? 알아봐 준 것만 해도 난 정말 고마워. 고마워, 에바."

고맙다 말은 하면서도 정혜영의 실망한 얼굴이 에바는 안쓰럽게만 보였다.

"미국에는 언제 가?"

"다음 주 화요일."

"화요일? 21일이네. 아침 비행기야?"

"응. 아침 비행기."

"언제쯤 오려고?"

"2주 정도 있다가 올까 생각 중이야."

"조심해서 잘 갔다 와."

21일 화요일, 에바는 최소한으로 짐을 줄였음에도 개인

물품과 가족들에게 줄 선물, 그리고 한국 음식 등을 꼼꼼하게 챙기다 보니 커다란 여행용 캐리어를 두 개나 꾸려서 인천국제공항으로 향했다.

아침 시간임에도 공항으로 향하는 공항버스에는 적지 않은 사람들이 탑승하고 있었다.

버스에 자리를 잡고 앉아서 다시 한 번 비행기표를 확인했다.

필라델피아로 향하는 직항편이 없었기에 에바는 뉴욕으로 가서 그곳에서 마중을 나올 아버지의 차를 타고 필라델피아로 이동할 예정이었다.

작년에도 이렇게 다녔고, 반대로 필라델피아에서 한국으로 올 때에도 같은 방법을 이용했다.

필라델피아에서 가까운 직항기가 있는 공항은 뉴욕과 워싱턴인데, 워싱턴보다는 뉴욕이 직항편이 많아 저렴하고 편안하게 이용할 수가 있었다.

공항에 도착해 버스에서 내린 에바는 캐리어 카트를 찾아 움직였다.

"오늘이 귀국하는 게 맞아?"

"맞아요! 몇 번이나 확인을 한 거란 말이에요!"

"아침인 것도 확인했고?"

"선배! 도대체 몇 번을 묻는 거예요! 다른 곳에서도 기자들 나와 있는 거 못 봤어요?"

"그건 아니지만… 지금쯤 모습을 보여야 하는데 안 보이니까 그러지. 도대체 어디로 나간 거야? 설마, 벌써 차를 타고 떠난 거 아냐?"

"그럴 수도 있죠."

"젠장! 아침부터 이게 무슨 고생이야."

카메라를 손에 든 남자와 여자가 투덜거리며 에바의 곁을 지나갔다.

한국어는 제대로 구사하지 못했지만, 듣는 건 드문드문 가능했기에 남자와 여자가 누군가를 만나려다 실패했다는 것만 얼핏 알 수 있는 에바였다.

에바가 캐리어 카트를 찾아 움직일 때, 왼팔로 끌고 오던 캐리어가 무언가에 걸려 덜컹거리더니 손잡이가 부서져 버렸다.

"왜 하필이면……."

에바는 손잡이가 부서져서 꼴사납게 바닥에 넘어진 캐리어를 바라보며 미간을 찌푸렸다.

오래 쓰긴 했다.

한국으로 올 때 집에서 가져온 캐리어로, 10년도 훨씬 넘은 거였다.

정말 먼 곳으로 갈 때를 제외하면 쓸 일이 없는 캐리어라

별 신경을 쓰지 않았더니 기어이 사고를 치고 만 거다.

손잡이 부분이 완전히 부서져서 커다란 캐리어를 낑낑거리며 들고 가야 할 걸 생각하니 벌써부터 눈앞이 캄캄해지는 에바였다.

새로운 캐리어를 구입하자니 시간이 넉넉하지 않았기에 어쩔 수 없이 에바는 조금만 고생하자는 심정으로 어떻게든 멀쩡한 캐리어에 손잡이가 부서진 캐리어를 올려서 끌기로 결심했다.

캐리어 카트까지만 가면 된다.

그러면 힘든 일은 없다고 여기며 에바가 힘들게 캐리어와 고군분투를 벌이고 있을 때였다.

주변에서 몇몇 사람들이 에바의 모습을 보고 도와주려다 이내 발걸음을 돌렸다.

에바의 외모에 부담을 느끼는 남자들도 있었고, 어쩔 수 없이 비행기 시간이 촉박해서 아쉬운 발걸음을 내딛는 남자들도 있었으며, 외국인이라는 사실에 선뜻 나서지 못하고 돌아서는 남자들도 있었다.

내용물을 꽉꽉 채운 대형 캐리어는 그 무게만 30㎏가 넘었다.

에바가 낑낑거리고 있을 때였다.

"도와드릴까요?"

에바가 반색하며 음성이 들려온 곳을 바라봤다.

"도와주시면 정말 감사……."

남자는 큰 키에 탄탄한 체격을 갖고 있었다.

눈을 볼 수 없을 정도로 짙고 큰 선글라스에 모자까지 깊게 눌러쓴 남자였지만, 눈썰미가 좋은 에바는 남자의 얼굴을 한눈에 알아 볼 수가 있었다.

"차지혁 선수?"

"…절 아세요?"

당황한 남자의 음성에 에바가 피식 웃었다.

"당연히 알죠. 제가 차지혁 선수의 팬이니까요."

"다른 사람들은 못 알아본다고 했는데……."

자신을 알아봤다는 사실에 당황한 모습을 숨김없이 드러내는 차지혁의 모습에 에바는 생소한 기분이 들었다.

마운드 위에서는 어떠한 상황 속에서도 태연하게 자신의 공을 묵묵하게 던지던 차지혁의 모습과는 확실하게 다르게 느껴졌다.

"걱정 마요. 다른 사람들은 쉽게 알아보지 못할 거니까요."

"그렇죠?"

말투가 미묘했다.

다른 사람들을 알아보지 못한다고 말하면서 정작 에바,

자신은 한눈에 알아봤으니 차지혁의 음성이 의심스러운 것도 당연했다.

"그런데 영어를 잘하시네요?"

"아, 감사합니다."

뭔가 모를 뿌듯함마저 느껴지는 차지혁의 음성이었다.

에바는 그것이 무엇을 뜻하는지 알기에 살짝 웃음이 나왔다.

한국인들은 과할 정도로 영어에 집착을 했고, 영어를 잘한다고 칭찬하면 세상에서 가장 뿌듯한 얼굴을 하곤 했었다.

그 범주에서 벗어나지 못하는 차지혁의 모습은 에바에게 있어 그 역시 야구장 밖에서는 평범한 한국인이라는 걸 알게 해주었다.

"손잡이가 완전히 부서졌네요? 이런 상태라면 도착해서도 문제가 되지 않을까요?"

"카트가 있으니까 괜찮아요. 뉴욕으로 아버지가 마중을 나올 테니까 집까지 가는 건 문제없어요."

"뉴욕에 살아요?"

"아뇨, 집은 필라델피아에요. 한국에선 직항기가 없어서 뉴욕으로 가야 해요."

"뉴욕에서 필라델피아까지는 얼마나 걸려요?"

"차로 2시간 30분 정도면 갈 수 있어요."

"장시간 비행기를 타고 또 2시간 30분이나 차를 타려면 상당히 피곤하겠어요."

"어쩔 수 없죠. 그런데 차지혁 선수, 보기보단 말이 많네요?"

에바의 말에 차지혁이 미안하다며 대답했다.

"미안합니다. 영어에 능숙해지려면 대화를 많이 해야 한다고 해서요. 귀찮았다면 다시 한 번 미안합니다."

"아니에요. 그런데 공항에는 무슨 일이죠?"

"조금 전에 입국했어요. 광고 촬영 때문에 아프리카에 다녀왔거든요."

"아… 그래서 그랬구나."

"예?"

차지혁이 무슨 뜻이냐는 듯 에바를 바라보자 그녀가 곧바로 답했다.

"조금 전에 카메라를 든 사람들이 누굴 찾아다니는 것 같더라고요. 그게 차지혁 선수가 아닌가 싶어서요."

"어쩌면 그럴 수도 있겠네요."

"기자들을 좋아하지 않죠?"

"아무래도 그렇죠."

쓰게 웃는 차지혁의 모습에 에바도 충분히 이해한다는

듯 고개를 끄덕였다.

한국이나 미국이나 기자들의 도를 넘는 행위는 똑같았다.

물론 좋은 기자도 있지만 실제로 사람들이 관심사를 모으기 위해 과장되거나 교묘하게 말을 돌려서 기사를 작성하는 일들이 허다했기 때문이다.

더욱이 에바는 차지혁의 스캔들 기사를 바로 곁에서 보질 않았던가?

정혜영이 그 일로 얼마나 피해를 봤는지 잘 알기에 그녀 역시 기자들에 대한 인식이 좋지 않았다.

"카트가 저쪽에 있네요."

차지혁이 먼저 움직여 카트를 끌고 왔다.

손잡이가 부서진 캐리어와 멀쩡한 캐리어를 잘 올려놓자, 에바가 고맙다며 인사를 했다.

"도움 준 것 정말 고마워요."

"아닙니다."

차지혁이 그렇게 대답하고는 몸을 돌리려고 하자, 에바가 급히 그를 불렀다.

"차지혁 선수!"

"예?"

"혹시 괜찮다면 전화번호 좀 알 수 있을까요?"

"예?"

에바의 요구에 차지혁이 당황한 얼굴로 그녀를 바라봤다.

전화번호를 물어올 줄은 몰랐기 때문이었다.

하지만 그녀가 서양인이라는 걸 떠올리고는 그럴 수도 있겠다 싶어 안정을 찾았다.

"오늘 일을 꼭 보답하고 싶어요. 제 번호를 준다 하더라도 어차피 연락 안 하실 거잖아요?"

확신에 찬 에바의 말에 차지혁은 아니라고 대답할 수가 없었다.

분명 에바의 말처럼 그녀가 연락하라며 전화번호를 알려줬어도 연락하지 않을 가능성이 높았기 때문이다.

"굳이 보답을 하지 않아도 괜찮습니다. 별로 어려운 일도 아니었고요."

"저도 크게 보답할 순 없어요. 간단하게 식사 한 번 대접할 수밖에 없고요. 그리고 차지혁 선수에게 꼭 소개시켜 주고 싶은 친구가 있거든요."

"제게 소개시켜 주고 싶은 친구요?"

"그건 비밀이에요. 하지만 차지혁 선수도 알고 있는 사람이죠. 궁금하지 않나요?"

눈부시도록 아름다운 금발 미녀가 웃으며 묻자, 차지혁

은 갈등하지 않을 수 없었다.

* * *

어느 나라든 프로 스포츠에 있어 올스타전은 축제다.

각 팀을 대표하는 스타들을 한자리에서 만날 수 있는 올스타전은 야구에 조금밖에 관심이 없는 사람들조차 크게 기대하게 만드는 날이다.

잠실에서 펼쳐지는 2026년 프로 야구 올스타전은 7월 26일을 시작으로 30일까지 무려 5일간 펼쳐진다.

예전만 하더라도 이틀 만에 끝이 났던 올스타전이었다.

그러던 것이 2022년부터 기간이 파격적으로 늘어났다.

가장 결정적인 이유는 7월에 열리는 IBAF 챔피언스 리그에 참여하는 팀들의 휴식 기간을 보장하기 위함이다.

국내에서 편안하게 휴식을 보낸 구단들과 다르게 미국이라는 먼 나라에서 챔피언스 리그에 참석하고 돌아온 구단 선수들의 체력과 컨디션을 회복시켜 주기 위함이었다.

이를 두고 많은 말들도 있었다.

이전처럼 2일 동안만 올스타전을 벌이고 나머지 기간을 휴식일로 정하면 선수들이 더욱더 편안하게 휴식을 취할 수 있기 때문이다.

하지만 KBO에서는 올스타전이라는 특수를 쉽게 포기할 수가 없었다.

즉, 수익 창출에 눈이 먼 행태였지만 중요한 건 팬들이 즐거워하니 선수들도 딱히 반대할 수가 없다는 점이었다.

올스타전 기간 동안 펼쳐지는 다채로운 행사와 축하 공연도 예전에 비해 눈부실 정도로 화려해졌다.

더불어 많은 조명을 받지 못한 퓨처스 리그의 선수들에 대한 사람들의 관심을 이끌어 내기 위한 노력도 많아졌다.

늘어난 기간을 채우기 위해 퓨처스 리그·선수들을 대상으로도 홈런왕, 번트왕, 강속구왕, 제구왕, 런닝왕 경쟁이 펼쳐졌다.

2군에서 땀을 흘려가며 운동하는 퓨처스 리그 선수들로서는 올스타전을 통해 자신의 이름을 알릴 수 있는 계기가 되니 좋은 행사였고, 야구팬들 입장에서는 알려지지 않은 새로운 선수를 알 수 있는 자리가 되니 충분히 즐거웠다.

26일과 27일 동안 펼쳐진 퓨처스 올스타전이 끝나고 28일이 되자 본격적으로 프로 선수들의 올스타전이 시작됐다.

"정말 팬입니다! 차지혁 선수가 던지는 모습을 보면 얼마

나 속이 후련한지 모릅니다! 후반기에도 전반기처럼 시원
시원한 강속구를 던져 주시길⋯⋯."

28일, 29일 동안에는 무려 3시간 동안이나 사인회가 있
었다.

거기에 올스타 투표 탑10에 뽑힌 선수들은 추가로 1시간
동안 포토존에서 팬들과 사진도 찍어야만 했다.

물론 선수 자유 의지에 의해 거부할 수도 있었지만, 어떤
간 큰 선수가 거부할 수 있을까?

나 역시 마찬가지였다.

팔이 떨어져 나가라 사인을 해야 했고, 팬들과 사진도 찍
어야만 했다.

"이름이 어떻게 되세요?"

"양은혜요."

수줍어하는 여학생의 이름과 함께 사인을 해서 공을 건
네줬다.

두 손으로 공을 꼭 쥐고는 인사를 하고 돌아서는 모습을
보니 저절로 입가에 미소가 생겨났다.

가만히 앉아서 3시간 동안이나 사인을 하려니 보통 힘든
일이 아니었지만, 팬들을 위한 서비스라는 걸 생각하면 결
코 얼굴을 찌푸릴 수가 없었다.

힘들었던 사인회가 끝나고 첫 이벤트 대회인 강속구왕

선발전이 시작됐다.

예전과 달라진 이벤트 대회는 원하는 선수라면 누구나 참가가 가능했다.

시간적 여유가 충분하다 보니 반드시 올스타에 뽑힌 선수가 아니라 하더라도 얼마든지 참가할 수 있단 소리였다.

그렇다 보니 야구장을 찾아온 관중에게는 풍성한 볼거리가 제공되고 있었다.

강속구왕은 말 그대로 최고의 강속구를 던지는 선수를 뽑는 대회다.

투수, 야수 할 것 없이 누구나 참가가 가능했고, 5번 공을 던져 최고 구속을 기록으로 삼았다.

―문재설 선수! 147㎞를 기록했습니다! 대구 블루윙즈의 주전 3루수인 문재설 선수 대단합니다! 고등학교 시절 투수를 했던 선수는 역시 다르군요! 이번에는 강북 바이킹스의 다니엘 그린 선수입니다! 전반기 7승을 거둔 다니엘 그린 선수는 굉장히 빠른 강속구를 던지는 투수로 유명합니다! 현재까지 1위를 기록하고 있는 프레디 에르난데스 선수의 157㎞를 뛰어 넘을 수 있을지 주목해 보시기 바랍니다!

다니엘 그린은 곧바로 공 5개를 던졌다.

최고 구속은 156㎞를 기록하며 2위에 머물렀다.

이후로도 많은 투수, 야수들이 강속구를 자랑하기 위해 공을 던졌지만, 프레디 에르난데스의 157㎞를 뛰어넘지는 못했다.

서서히 내 차례가 다가오고 있었다.

─161㎞가 나왔습니다!

전광판에 명확하게 찍혀 있는 161㎞의 구속에 경기장을 가득 채우고 있는 관중들이 환호성을 내질렀다.

마운드 위에 서 있는 흑인 선수는 올 시즌 인천 돌핀스에서 야심차게 영입을 해온 엔서니 로위키였다.

현재 국내의 모든 투수 가운데 평균 구속이 가장 빠르기도 했다.

"역시 괴물은 괴물이네. 몸도 제대로 풀리지 않았을 텐데, 어떻게 161㎞를 아무렇지도 않게 던지는 거냐."

나와 같이 올스타에 선정된 정현우 선배가 고개를 좌우로 흔들었다.

확실히 구속은 빠르다.

긴 팔과 유연한 몸은 엔서니 로위키의 최대 장점이었다.

하지만 강속구 투수라면 피해갈 수 없는 제구력 문제가 엔서니 로위키에게도 있었다.

방금 던진 161㎞의 공도 포수가 살짝 몸을 일으켜서 잡아야 했을 정도로 형편없는 제구력을 갖고 있었다.

　제구력만 제대로 잡히면 리그를 초토화시킬 선수라는 평가가 있었지만, 어디 그런 투수가 한둘인가?

　─또다시 161㎞가 나왔습니다! 연속으로 무시무시한 강속구를 던지는 엔서니 로위키 선수입니다!

　5번의 기회 중 4번을 160㎞가 넘는 공을 던졌다.

　특히 마지막에 전력으로 던진 공이 164㎞가 나오면서 엔서니 로위키가 얼마나 빠른 공을 던지는지를 모두에게 똑똑히 알려주었다. 물론, 포수가 잡을 수 없을 정도로 높게 뜬 공으로 인해 제구력이 얼마나 최악인지도 알게 해주었고 말이다.

　이어 3명의 선수들이 차례로 공을 던졌지만, 이미 164㎞의 벽을 뛰어넘기란 불가능에 가까웠다.

　─다음 선수는… 국내 최고의 좌완! 대전 호크스의 차지혁 선수입니다!

　내 차례가 되었다.

　사회자의 소개에 관중들이 열광적으로 목청껏 소리를 내질러댔다.

　그 함성 소리가 얼마나 컸는지 귀가 얼얼할 정도였다.

　"가볍게 165㎞짜리 하나 던지고 와라. 강속구왕 상금이

500만 원이다. 상금 타면 형이랑 오늘 고기 먹자. 알겠지?"

정현우 선배가 내 엉덩이를 툭 치며 그렇게 말했다.

나는 피식 웃고는 마운드로 향했다.

―차지혁 선수! 공을 던지기 전에 각오 한 말씀 부탁드리겠습니다.

사회자가 마이크를 내게 내밀었다.

"팔이 빠져라 던져 보겠습니다."

내 말에 관중들이 즐겁게 웃으며 환호를 보내줬다.

사회자 역시도 재밌다는 듯 웃으며 국내 최고의 에이스가 팔이 빠져서야 되겠냐며 팔이 빠지기 직전까지만 던져 달라며 내 농담을 받아줬다.

불펜에서 충분히 몸을 풀어뒀기에 당장에라도 빠른 강속구를 던지는 건 어렵지 않았다.

하지만 무리를 할 생각은 없었다.

이틀 뒤에 벌어지는 올스타전 선발 투수로 마운드에 올라야 했기 때문이다.

쇄애애액.

퍼어엉!

첫 번째로 던진 공이 한가운데 스트라이크 존을 관통하며 포수 미트에 박혔다.

슬쩍 전광판을 바라보니 154㎞가 찍혀 있었다.

관중들의 환호와 아쉬움이 뒤섞인 목소리를 들으며 두 번째 공을 던졌다.

156㎞가 나왔다.

세 번째 공은 157㎞가 나왔고, 네 번째로 던진 공이 159㎞가 나오자 관중들이 열광적으로 환호성을 내질렀다.

어느새 관중석에서는 160이라는 단어가 한 목소리처럼 터져 나오고 있었다.

마지막 다섯 번째 공.

심장의 울림이 커졌다.

관중들의 환호성에 맞춰서 리듬을 타듯 심장 박동이 이뤄지고 있었다.

무리하지 않겠다고 했던 마음이 한 번만 전력으로 던져 보자라는 마음으로 서서히 바뀌어가고 있었다.

내가 던질 수 있는 최고의 구속이 얼마나 될까?

나조차 모른다.

경기 중에도, 연습을 할 때에도 투구 밸런스가 깨질 것을 걱정해 무리를 해서 던져 본 적이 없었기 때문이다.

'딱 한 번만 던져 보고 싶다'라는 생각이 강해지자, 미트를 벌리고 있는 포수의 존재가 서서히 시야에서 작아졌다.

어두운 장막이 눈앞을 가로막고 있는 것만 같았다.

깨부숴 버리고 싶다는 심정으로 천천히 와인드업을 하고 온몸의 힘을 모조리 끌어 올렸다.

손가락 끝에서 뜯어낼 것처럼 실밥이 채였다.

쇄애애애애애액!

퍼어어억!

어두운 장막이 와장창 깨지자, 시야가 확 밝아졌다.

앉은 자세 그대로 굳어 있는 포수의 모습이 가장 먼저 눈에 들어왔다.

미트는 여전히 활짝 벌어져 있었다.

공이 없다.

툭. 데구르르르르.

2중, 3중으로 꼼꼼하게 막아 놓은 포수 뒤쪽 그물망에 걸려 있던 공이 바닥으로 떨어졌다.

그물망 뒤쪽에 앉아 있는 남자 관중은 입을 쩍 벌린 상태로 얼어붙어 있었다.

완전하게 엉뚱한 곳으로 공이 날아간 거다.

얼굴이 화끈거릴 정도로 창피함이 몰려들었다.

엔서니 로위키가 던진 공보다도 더 형편없는 제구력이었다.

구속이 얼마나 나왔나 싶어 전광판을 바라보니 아무런

수치도 표시가 되어 있질 않았다.

─방금 차지혁 선수가 던진 공은 스피드건에 이상이 생겨 구속 측정이 제대로 이뤄지질 않았습니다. 하지만 방금 던진 공은 엔서니 로워키 선수가 던진 공과 거의 비슷할 정도로 빨랐던 걸로 생각됩니다. 제대로 된 측정이 이뤄지지 않았으니 차지혁 선수는 다시 한 번 공을 던져 주시길 바랍니다.

사회자의 말에 잔뜩 흥분했던 마음이 급격하게 식어가며 헛웃음이 나왔다.

평소와 다르게 흥분한 내 자신을 자책했다.

무엇보다 말도 안 되는 공을 던졌다는 사실이 가장 부끄러웠다.

명색이 투수라는 놈이 이게 무슨 추태란 말인가?

사회자가 건네주는 공을 받아서 황급히 포수 미트를 향해 던지곤 마운드에서 내려왔다.

155㎞가 나왔고, 결국 최고 구속은 159㎞로 기록되며 엔서니 로워키에 이어 2위에 머물렀다.

삐빅!

코건은 자신의 손에 들려 있는 스피드건을 바라봤다.

103mph.

"……."

방금 던진 공의 구속이 103마일이었다.

충분히 놀랄 일이지만, 그렇게까지 경악스러운 일은 아니다.

트리플A에서 공을 던지는 투수들 중에는 103마일 이상을 던지는 괴물들도 있었고, 자신의 눈으로 직접 확인도 해봤다.

던질 수 있다는 건 중요하지 않았다.

어디로 던지느냐, 원하는 곳으로 던질 수 있느냐가 중요할 뿐이다.

100마일이 넘어가는 공을 던질 수 있음에도 트리플A에서 벗어나지 못하는 투수들은 원하는 곳으로 공을 던질 수 없기 때문이다.

아무리 빠른 공을 던져도 포수 미트에 정확하게 넣지 못하면 소용없다.

그런 의미에서 방금 마운드에서 말도 안 되는 곳으로 공을 던진 투수도 아무짝에도 쓸모없는 공을 던지는 투수라 단정할 만했다.

하지만 코건은 다른 때와 다르게 강렬하게 눈을 빛내고

있었다.

"차지혁의 어깨가 저렇게까지 강할 줄이야."

서둘러 마운드를 내려오는 차지혁을 바라보는 코건의 얼굴이 서서히 흥분으로 물들었다.

차지혁은 다른 투수들과 다르다.

평균 95~96마일의 공을 원하는 곳에 던질 줄 아는 투수였다.

제구력이 상당히 뛰어나면서도 빠른 강속구를 던질 줄 알았다.

가끔은 100마일의 공을 던지며 모두를 흥분하게 만들기도 했다.

그런데 이번에는 103마일의 공을 던졌다.

엄청나게 빠른 공을 던질 줄 알면서도 자신이 컨트롤 가능한 공만 던진다는 의미다.

중요한 건 이제부터다.

시즌 초만 하더라도 차지혁의 평균 구속은 94마일이었다.

그런데 서서히 구속을 올렸다.

시즌 중반이 되면 날씨가 따뜻해져서 모든 투수들의 구속이 올라가는 건 당연한 일이지만, 차지혁은 조금 더 특별했다.

시즌 초부터 100마일을 던졌던 투수다.

그러면서 시간이 지날수록 평균 구속이 늘어났고, 제구력에도 전혀 문제가 발생하지 않았다.

단순히 구속을 올리는 게 아니라, 제구가 되는 강속구를 던지는 거다.

평균 구속 95~96마일의 공을 제구해서 던지는 선발 투수는 메이저리그에도 흔하지 않다.

그런데 더 대단한 건 제구가 가능한 공의 구속이 점점 더 빨라지고 있다는 사실이다.

다시 말하면 당장 올 시즌 후반기만 되도 차지혁의 평균 구속이 얼마나 더 늘어날지 알 수 없는 일이었다.

만약, 차지혁이 100마일의 공을 제구한다면?

방금 던졌던 103마일의 공을 제구한다면?

믿겨지지 않을 놀라운 기록들이 펼쳐지게 된다.

메이저리그 역사에 길이 남을 위대한 투수로 이름을 남길 수 있게 된다.

"총력을 기울여야겠군."

코건은 차지혁에 대한 가치를 대폭 수정했다.

반드시 잡아야 한다.

무조건 잡아놓고 봐야 한다.

얼마가 들어도 상관없었다.

현재 가치보다 미래의 가치가 더 높아질 투수가 바로 차지혁이었다.

　돈 아끼다가 후회를 하는 어리석은 짓은 절대 하지 말아야 한다고 다짐했다.

Chapter 4

100MILE

강속구왕에 이어서 제구왕 대회가 벌어졌다.

제구왕은 홈 플레이트에 25분할 되어 있는 작은 판넬을 마운드 위에서 사회자가 지정해 주는 숫자대로 정확하게 맞추면 됐다.

딱 공 하나만 들어갈 수 있을 정도의 번호 사이즈는 정교한 제구력을 갖추지 못하면 1구만에 탈락해 버릴 정도로 난이도가 높았다.

지금까지 단 한 명도 모든 숫자를 맞춘 적이 없었다.

작년 제구왕도 고작 9개를 성공시켰을 뿐이었다.

제구왕 대회에도 많은 선수가 참가를 했다.

제구에 자신이 있는 투수들도 많았고, 관중들 앞에 자신의 얼굴을 자랑하고자 참가한 선수들도 있었다.

대다수의 선수들은 2개에서 4개를 맞추고 탈락하고 말았다.

나름 제구력이 좋다 평가받는 투수들이라 하더라도 6개를 넘기기가 쉽지 않았고, 정말 리그 최상위라 칭찬받는 투수조차 7개의 벽을 넘기지 못했다.

강속구왕에 이어 제구왕에도 참가를 했다.

투수로서 승부욕도 있었고, 무엇보다 나를 보기 위해 비싼 티켓값을 지불하고 찾아왔을 관중들에게 보답하기 위해서였다.

―첫 번째로는 14번을 맞춰주세요!

사회자의 말에 마운드에 서서 판넬을 바라봤다.

01 02 03 04 05

06 07 08 09 10

11 12 13 14 15

16 17 18 19 20

21 22 23 24 25

14번이면 정중앙인 13번의 바로 우측이었다.

딱히 어려울 것 없다 여기면서 공을 던졌다.

쇄애액.

터엉!

약간은 아슬아슬하게 공이 14번 번호를 뚫고 들어갔다.

조금만 어긋났어도 실패를 했을 정도로 위험한 순간이었다.

던지고 나서야 이게 보통 힘든 일이 아니라는 걸 확인할 수 있었다.

심리적인 압박감이 생각보다 심했다.

—제구력이 좋기로 소문난 차지혁 선수였기에 1구는 무난하게 성공했습니다! 그럼 두 번째로 22번을 맞춰주세요!

생각보다 부담감이 커졌다.

타자를 상대로도 부담감을 갖거나 긴장하지 않았는데, 22번을 맞추라는 사회자의 말에 괜히 심장이 두근거렸다.

나름 제구력이 좋다 평가를 받고 있으니 최소한 5번은 맞춰야 한다는 생각에 집중해서 공을 던졌다.

14번을 맞췄을 때보다 훨씬 안정적으로 22번의 번호를 깔끔하게 뚫어버렸다.

이어서 사회자의 요구에 맞춰서 2번, 7번, 10번까지 연속으로 성공시키며 평균 이상의 성공률을 만들 수 있었다.

─여섯 번째 번호는 13번으로 하겠습니다!

한가운데에 위치한 13번을 맞춰달라는 요청에 가볍게 호흡을 하고는 공을 던졌다.

터─엉!

아슬아슬하게 13번의 번호를 뚫고 공이 들어갔다.

약간 위쪽을 맞아서 자칫했으면 그대로 튕겨져 나왔을 수도 있는 상황이었다.

─대단합니다! 차지혁 선수가 6구를 성공시키며 현재 1위를 기록하고 있는 유한결 선수의 뒤를 바짝 쫓고 있습니다! 일곱 번째 공을 성공시키면 유한결 선수와 타이기록을 지니게 됩니다! 자, 이번에는 25번을 맞춰주세요!

6구를 성공하고 나자 더 이상 부담감도, 긴장감도 없었다.

이 정도면 충분히 강속구왕 대회에서 창피를 당했던 기억을 떨쳐 낼 수 있을 것 같았다.

부담감 없이 편안하게 공을 던졌고, 공은 의외로 아주 깨끗하게 25번의 번호를 뚫어버렸다.

이후로도 사회자의 요청대로 공을 던졌고, 추가로 3개의 공을 더 성공함으로써 10개를 성공시켜 제구왕 1위에 올라설 수 있었다.

하지만 결과적으로 제구왕 대회에서 우승을 차지하지는

못했다.

컴퓨터 제구력이라 불리는 강북 바이킹스의 정상민 투수가 11개로 나를 2위로 밀어냈기 때문이다.

"2위만 했네?"

정현우 선배가 나를 바라보며 히죽거렸다.

"저보다 잘 던지는 투수들이 많다는 걸 알았으니 더 노력해야겠습니다."

"……."

진심을 다한 내 말에 정현우 선배의 표정이 돌덩이처럼 굳을 뿐이었다.

*　　　*　　　*

29일은 타자들의 잔치였다.

실질적으로 올스타전에서 가장 많은 주목과 관심을 받는 홈런왕부터 번트왕, 베이스를 누가 가장 빠른 시간 내에 달리는지 경쟁하는 런닝왕까지 대회가 벌어졌다.

홈런왕은 올스타 투표에서 동군 베스트 11에 선정된 지명타자 이안 모텐슨이 우승을 차지했다.

아웃 카운트 5개의 1라운드에서 7개를 터트리며 간신히 2라운드에 진출할 때까지만 하더라도 이안 모텐슨이 우승

할 거라 예상한 사람은 아무도 없었다.

동일한 아웃 카운트에서 진행된 2라운드에서도 6개로 또다시 어렵사리 3라운드에 진출했다.

3라운드부터 달랐다.

아웃 카운트가 4개로 줄어든 상황 속에서도 이안 모텐슨은 7개의 홈런을 터트리며 상위권으로 4라운드로 진출했고, 이어 결승 라운드인 5라운드에서는 무려 12개의 홈런을 쳐서 당당하게 우승을 차지한 거였다.

번트왕에는 서군 올스타 11에 선정된 유격수 존 휴즈가 차지했다.

번트왕은 홈 플레이트에서 베이스 안쪽으로 부채꼴로 7분할시켜 놓은 경계선에 맞춰 퓨처스 리그의 투수가 던지는 실전 공을 사회자의 요구대로 원하는 지점으로 번트 타구를 보내야만 했다.

생각보다 쉽지 않았다.

번트를 대는 것 자체가 쉽지 않은데, 거기에 원하는 구역으로 타구를 보내야 하니 굉장히 힘든 일이었다.

무엇보다 경기와 마찬가지로 전력으로 공을 던지는 퓨처스 리그의 투수로 인해 타자들은 타석에서 고개를 절레절레 젓기까지 했다.

이런 상황 속에서 존 휴즈는 무려 12번이나 연속으로 번트를 성공시키며 당당하게 번트왕 대회에서 우승을 차지했다.

2위와는 무려 5개나 차이가 날 정도로 압도적인 번트 실력을 자랑했다.

런닝왕은 아주 간단한 대회였다.

홈 플레이트에서 1루, 2루, 3루를 찍고 홈까지 돌아오는 시간이 가장 빠른 선수를 가리는 일종의 베이스 런닝 대회였다.

빠른 발도 중요하지만, 얼마나 효율적으로 각각의 베이스를 도느냐가 중요했다.

자신 있게 나섰던 번트왕 대회에서 고작 3개로 톡톡하게 망신을 당한 정현우 선배는 이를 악물고 베이스를 돌았다.

기록은 15.48로 상당히 빠른 발을 가졌다는 걸 증명했다.

하지만 우승자는 작년 시즌부터 수원 드래곤즈의 1번 타자로 훌륭한 활약을 해온 이유성이 14.07이라는 놀라운 주력으로 14.26을 기록한 장필성을 제치고 우승을 차지했다.

특히, 이유성은 이번 올스타 투표에서 우익수 부문 2위로 장필성에게 자리를 내줬기에 그에 따른 복수를 했다고 볼 수 있었다.

번트왕부터 시작해서 홈런왕까지 세 개 부문의 우승자를 가리고 난 후에야 29일의 일정이 모두 끝이 났다.

물론, 나는 이날에도 3시간 동안 사인을 하고 포토존에서 팬들과 사진을 찍어야 했다.

30일.

2026년 프로 야구 올스타전의 마지막 날이 됐다.

동군 베스트 11.

투수 : 그렉 알렉산더(대구 블루윙즈).

포수 : 전영무(부산 샤크스).

1루수 : 이규환(대구 블루윙즈).

2루수 : 김재호(대구 블루윙즈).

3루수 : 이정훈(강남 맨티스).

유격수 : 정요한(수원 드래곤즈).

외야수 : 배상현(부산 샤크스, 좌), 루이스 시걸(인천 돌핀스, 중), 장필성(부산 샤크스, 우).

지명 : 이안 모텐슨(부산 샤크스).

감독 : 박태인(대구 블루윙즈).

서군 베스트 11.

투수 : 차지혁(대전 호크스).

포수 : 유현민(창원 타이탄스).

1루수 : 노기문(서울 버팔로스).

2루수 : 정현우(대전 호크스).

3루수 : 메이슨 발레타(대전 호크스).

유격수 : 존 휴즈(창원 타이탄스).

외야수 : 황정태(강북 바이킹스, 좌), 박영찬(서울 버팔로스, 중), 원태식(강북 바이킹스, 우).

지명 : 한승철(광주 피닉스).

감독 : 장성열(광주 피닉스).

동군과 서군의 베스트 11에 뽑힌 선수들의 명단이다.

당연히 오늘 선발 선수들이기도 했다.

역시나 동군에서는 열성적인 팬들 덕분에 부산 샤크스의 선수들이 무려 4자리나 차지했다.

그 외에 현재 페넌트 레이스 2위를 달리고 있는 대구 블루윙즈 역시 3자리를 차지하며 실력과 팬심이 얼마나 탄탄한지를 자랑했다.

반면, 현재 페넌트 레이스 1위의 광주 피닉스는 서군 베스트 11 중 지명 타자로 한승철 한 명밖에 뽑히지 못하는 굴욕 아닌 굴욕을 겪어야만 했다.

전반기 최고의 돌풍을 일으킨 대전 호크스에서 나를 포함해서 3명이 뽑혔고, 최강의 외야진을 구축하고 있는 강북 바이킹스에서는 모두의 예상대로 황정태와 원태식이라는 국가대표 외야수들이 4년 연속 뽑혔다.

"이렇게 던지면 되는 건가요?"

모델이라 하더라도 손색이 없는 몸매의 여자가 나에게 물었다.

오늘 올스타전 시구에 초청된 김하나였는데, 현재 대한민국에서 가장 뜨거운 반응을 받고 있는 여성 2인조, 투하트의 맴버였다.

문제는 김하나에게 시구를 가르쳐야 하는 게 나라는 점이었다.

김하나가 직접 선택했다며 반드시 가르쳐 줬으면 좋겠다는 KBO 관계자의 말에 어쩔 수 없이 그녀에게 개인적으로 시구를 가르치고 있는 중이었다.

"야구공을 던지는 게 굉장히 어려운 일이네요?"

"그런가요? 저는 잘⋯⋯."

대답을 하다 급히 입을 다물었다.

지아의 말이 떠올랐기 때문이다.

잘난 척하지 마라.

상황에 따라서는 무조건 동조하되, 우유부단하게 행동하지는 마라.

여자의 눈을 바라보며 대화를 나눠라.

괜한 헛소리를 하지 마라, 등등의 조언이 생각났다.

"차지혁 선수는 어떻게 그렇게 빠른 공을 던질 수 있어
요?"

두 눈을 초롱초롱하게 빛내며 묻는 김하나였다.

21살이라고 했던가?

나보다 나이가 1살 많았지만, 늘씬한 몸매를 제외하면 얼
굴은 앳되어 보였다.

오히려 우리 둘을 놓고 보면 내가 오빠라 불려도 할 말이
없을 정도였다.

"어렸을 때부터 꾸준히 훈련을 해오면 누구나 던질 수 있
다고 생각합니다."

요즘 들어 난 어깨는 타고나야 한다는 말이 과연 진실인
지 의심하고 있었다.

병원 검사에 따르면 난 지극히 평범한 체질과 골격 구조
를 가지고 태어났다고 했다.

매스컴에서는 타고난 천재니, 야구를 위해 태어난 체질
이니 떠들어대고 있었지만 실제로 난 아주 정상적인 보통
의 남자였다.

그런데 160㎞가 넘는 공을 던질 수 있었다.

이유는 어렸을 때부터 하루도 빼놓지 않고 꾸준히 해온
훈련 덕분이라 생각이 들었다.

혼하게 말하길, 강속구 투수는 타고나야 한다고 했다.

과연 그럴까?

물론 남들보다 훨씬 적은 훈련량만으로도 강속구를 쉽게 던지는 이들이 있다.

'송종섭이 그랬지.'

송종섭이 사람들 말대로 타고난 강견이다.

제대로 된 훈련을 하지 않고도 남들보다 빠른 공을 쉽게, 쉽게 던졌다.

나는 달랐다.

차근차근 꾸준히 구속을 올렸다.

송종섭처럼 타고난 어깨가 아닌 만들어진 어깨인 셈이다.

그러다 보니 요즘에는 누구라도 강속구를 던질 수 있다는 생각이 들었다.

나처럼 어린 시절부터 훈련을 받는다면 말이다.

다만, 같은 팀 선배들의 말에 따르면 내가 받는 훈련은 인간이 할 수 없는 훈련이라고 했다.

"차지혁 선수는 내년에 메이저리그로 가나요?"

"아마도 그럴 것 같습니다."

이적은 확정적이다.

다만, 어느 팀으로 가느냐가 남은 문제다.

황병익 대표의 말에 의하면 정말 파격적이라는 말이 나올 정도의 계약 기간과 금액을 제시한 메이저리그 구단이 한 손에 꼽기 힘들 정도라고 했다.

기본적으로 1억 달러는 훌쩍 넘을 거라는 말이 있었기에 작년 드래프트를 통해 역대 최고의 계약(7년, 8500만 달러)을 한 마이크 테일러보다도 훨씬 비싼 몸값을 자랑할 것이라고 말했다.

부담이 되기도 했지만, 한편으로는 내 선택이 옳았음을 증명하는 것 같아 뿌듯했다.

하지만 아직 계약서에 도장을 찍은 게 아니다.

지금이야 1억 달러 이상을 주겠다는 구단들이 여럿이지만, 후반기 성적이 곤두박질을 치거나 전반기보다 떨어지면 금액 역시 사정없이 깎여 나갈 것이 분명했기 때문이다.

20승, 0점대 평균자책점, 250탈삼진, 200이닝.

올 시즌의 목표다.

어느 것 하나 쉽지 않은 기록이지만, 전반기 성적이 워낙 좋았기에 충분히 기대를 해볼 만했다.

내가 원하는 성적만 기록한다면 절대 메이저리그 구단들이 금액을 깎는 일은 없을 것이다.

"내년부터는 메이저리그에서 활약하는 차지혁 선수를 볼 수 있겠네요."

김하나가 부담스러울 정도로 날 빤히 바라보고 있었다.

한 설문 조사 기관에서 20대의 여성들에게 가장 인기 있는 남자로 내가 뽑혔다는 말이 떠올랐다.

이유도 다양했다.

당당한 체격과 외모, 자신의 일에 열성적인 모습, 메이저 리그 투수로서의 미래, 스포츠 재벌 등등 아직 불확실한 미래마저 현실처럼 여기며 날 선택했다는 사실이 황당하기도 했고, 한편으로는 씁쓸하기도 했다.

저들은 알까?

내 뒤에는 역대급 시누이가 있다는 사실을.

30분이라는 시간 동안 김하나에게 시구를 가르치고 서군 더그아웃으로 돌아가자 정현우 선배가 쪼르르 달려왔다.

"김하나랑 좋았냐?"

"예?"

"어때? 엄청 예쁘지? 좋겠다~ 이럴 줄 알았으면 나도 투수가 되는 거였는데!"

대꾸할 필요가 없다 싶어 고개를 흔들며 자리에 앉자, 정현우 선배가 옆에 앉으며 날 바라봤다.

"그런데 넌 연애 안 하냐? 지금 너 좋다고 하는 여자들이 얼마나 많은데 여태 혼자냐? 솔직하게 말해봐. 너 어디 문제 있는 건 아니지?"

왜 시선이 아래로 가는 겁니까?

"절대 없습니다."

"그럼 여자도 좀 사겨. 언제 형이랑 클럽 한 번 갈까?"

정현우 선배가 옆에서 클럽을 가자, 예쁜 여자 소개시켜 주겠다며 날 괴롭히는 사이 올스타전 개회식이 시작됐다.

식순에 맞춰서 진행되었고, 동군과 서군의 베스트 11 선수들이 차례로 호명되며 관중들 앞에 섰다.

가장 큰 환호를 받은 사람은 나였고, 내 인기를 몇몇 선수들이 질투 어린 표정으로 지켜보는 게 보이기도 했다.

이어서 김하나의 시구가 있었는데, 나만큼이나 큰 환호를 받아서 그녀가 얼마나 유명한 연예인인지 알 수 있었다.

올스타전의 1회 초 공격은 동군부터 시작되었기에 서군 선발 투수인 내가 처음으로 마운드에 올랐다.

"마음껏 던져라."

오늘 처음으로 배터리를 이루게 된 포수는 공교롭게도 장태훈 선배를 대만으로 보내는 데 결정적인 역할을 한 창원 타이탄스의 유현민이었다.

배트 조각에 찢어졌던 상처가 아직까지도 흐릿하게 남아 있었다.

사전에 아주 간단하게 사인을 맞춰놨기에 가볍게 연습 투구를 하고는 주심의 외침에 타석으로 들어서는 동군의 1번 타자 장필성을 바라봤다.

페넌트 레이스 경기였다면 그의 약점을 노리고 효율적으로 카운트를 잡기 위해 공을 던졌겠지만, 올스타전이라는 축제에 가까운 이벤트 경기에서 굳이 힘을 뺄 필요가 없다 여겨 쉽게 공을 던졌다.

따악!

초구부터 장필성은 힘차게 배트를 돌렸다.

약간 높은 코스의 포심 패스트볼을 강타한 타구는 쭉쭉 날아가다 좌익수 황정태의 글러브 안으로 빨려 들어가고 말았다.

동군 2번 타자는 장필성과 마찬가지로 부산 샤크스에서 2번으로 활약하고 있는 배상현이었다.

그 역시 마찬가지로 한가운데로 날아가는 포심 패스트볼을 타격했고, 타구는 중견수인 박영찬의 글러브에 안정적으로 들어가며 아웃을 당하고 말았다.

공 2개로 2아웃을 잡았다.

페넌트 레이스 경기에서는 쉽게 나올 수 없는 상황이다.

우선 테이블 세터인 1, 2번 타자들이 초구에 배트를 휘두르는 일이 거의 없기 때문이다.

나 역시 1회 초부터 이런 경우는 처음이라 기분이 이상

했다.

공 2개로 2아웃이라는 게 재밌기도 했고, 이런 상황이 페넌트 레이스 경기 중에도 자주 있었으면 얼마나 좋을까 하는 생각도 들었다.

동군 3번 타자로 타석에 들어선 선수는 강남 맨티스의 3루수인 이정훈이었다.

타격 기계라는 별명이 붙었을 정도로 정교한 타격 능력을 갖추고 있는 이정훈에게는 나 역시 2개의 안타를 헌납했을 정도로 쉬운 상대가 아니었다.

물론, 삼진이나 범타로 처리된 경우가 훨씬 많았지만.

쐐애애액!

딱!

이정훈마저도 초구에 배트를 휘둘렀다.

2, 3루 간을 빠져나갈 총알 같은 타구를 유격수를 보고 있던 존 휴즈가 그림 같은 다이빙캐치로 이닝을 끝내 버렸다.

작고 왜소한 체격임에도 엄청나게 넓은 수비 범위를 자랑하는 존 휴즈의 수비력이 올스타전에서도 어김없이 드러나는 순간이었다.

공 3개로 이닝 종료라니.

이 기막힌 상황에 피식 웃으며 마운드를 내려왔다.

공 3개로 공격이 끝나 버린 동군과 다르게 서군은 말 그대로 1회 말부터 동군 선발 투수인 그렉 알렉산더를 무참할 정도로 두드려 댔다.

1번 타자, 존 휴즈가 7구까지 가는 승부 끝에 좌중간 안타를 터트리며 1루로 출루를 하면서부터 그렉 알렉산더는 구위, 구속, 제구 모든 걸 잃고 말았다.

축제나 다름없는 올스타전에 전력 피칭을 할 이유가 없다는 것도 그렉 알렉산더의 마음을 편안하게 만든 것 같았다.

반면, 서군 타자들은 경기에서 승리할 경우 올스타전 MVP로 뽑힐 확률이 높다는 걸 알기에 맹렬하게 배트를 휘둘렀다.

2번 정현우 선배가 우익수 앞 안타로 출루를 하자, 3번 타자 메이슨 발레타가 기다렸다는 듯 싹쓸이 2루타를 터트렸다.

4번 타자 한승철마저 깊숙한 코스의 2루타를 때려대자 동군에서는 재빨리 투수를 바꿔 버렸다.

동군 올스타 감독 이전에 대구 블루윙즈의 감독인 박태인은 대구 블루윙즈의 에이스 그렉 알렉산더가 올스타전으로 인해 후반기 성적에 문제가 생길 것을 염려한 발 빠른 조치였다.

1회 만에 동군 투수가 강남 맨티스의 변성길로 바뀌었다.

변성길은 이번 시즌 강남 맨티스가 가장 자신 있게 내세울 수 있는 선발 투수였다.

하지만 한 번 불이 붙어버린 서군 타자들을 상대로 변성길은 본래의 실력을 제대로 발휘하지 못했다.

갑작스럽게 교체가 된 것도 문제였다.

끝내 변성길마저 4점이나 자책점을 내주며 1회를 겨우 마칠 수 있었다.

1회 만에 스코어가 8 : 0이 되어버렸다.

이런 상황 속에서 마운드에 올라야 한다는 게 썩 달갑지는 않았다.

이왕이면 투수를 교체해 줬으면 싶기도 했다.

하지만 확실하게 승리를 굳히고 싶은 마음인지, 장성열 감독은 여전히 날 마운드에 올렸다.

동군의 2회 초 공격은 대구 블루윙즈의 4번 타자이자, 동군 올스타에서도 4번 타순을 차지한 이규환이었다.

타석에 들어서는 이규환의 표정이 상당히 비장하게 보였다.

서군이 압도적으로 승리하고 있기 때문에?

절대 아니다.

페넌트 레이스 전반기 내내 나를 상대로 단 하나의 안타도 친 적이 없기 때문이었다.

아무리 올스타전이라 하더라도 타자에게 자신감을 심어 줄 필요는 없었기에 초구부터 몸 쪽을 꽉 채우는 포심 패스트볼을 던졌다.

"스트라이크!"

156km의 포심 패스트볼에 이규환의 표정이 보기 좋게 일그러졌다.

두 번째 공은 바깥쪽을 걸치고 들어가는 컷 패스트볼로 이규환은 배트도 휘둘러보지 못하고 순식간에 2스트라이크를 당하고 말았다.

마지막 3구는 무릎을 스치고 지나가는 파워 커브를 던졌다.

속아서 휘두르면 좋고, 휘두르지 않으면 그만인 유인구였다.

부—웅!

꼼짝없이 루킹 삼진을 당할 수도 있다는 조바심 때문이었을까?

이규환의 배트가 크게 돌아 나왔다.

하지만 완만하게 꺾이며 포수 미트 속으로 빨려 들어가는 공에 배트는 스치지도 못했다.

"스윙! 타자 아웃!"

3구 삼진이 나오자 관중들이 박수를 치며 환호했다.

　그 여느 때보다 딱딱하게 굳은 표정으로 더그아웃으로 돌아가는 이규환의 뒷모습이 한편으로는 안쓰럽게 보이기도 했다.

　하지만 투수는 자비를 모르는 냉혹한 사냥꾼이 되어야만 한다.

　한 번 자신감을 얻은 타자의 배트는 정말 무섭기 때문이다.

　이규환이 떠난 타석으로 인천 돌핀스의 외국인 용병 타자인 루이스 시걸이 들어섰다.

　피부가 새하얀 루이스 시걸은 길쭉길쭉한 체형으로 팔과 다리가 참 길게 보였다.

　중견수로 발도 빠르고 수비력도 좋아서 인천 돌핀스에서는 수비와 공격, 양쪽에 있어 중심축으로 자리를 잡고 있었다.

　팀 내 4번 타자임에도 선구안이 굉장히 뛰어난 루이스 시걸이었기에 초구부터 확실하게 스트라이크 카운트를 잡고 가야만 했다.

　전반기 동안 내가 던졌던 공들 중 타자들이 가장 싫어했던 공이 바로 바깥쪽 스트라이크 존을 걸치고 들어가는 컷 패스트볼이다.

"스트라이크!"

어김없이 루이스 시걸도 바깥쪽을 걸치고 들어가는 컷 패스트볼에 스트라이크 카운트를 내주고 말았다.

건드려 봐야 범타 처리될 확률이 워낙 많은 공이었기에 노리지 않는 이상 초구부터 건드릴 필요가 없었다.

2구는 바깥쪽 낮은 스트라이크 존을 통과하는 포심 패스트볼을 던졌다.

딱!

배트에 빗맞으며 공이 파울 라인 밖으로 날아가 버렸다.

파워 커브, 컷 패스트볼 모두 루이스 시걸의 머릿속에 있을 공들이다.

특히, 방금 전 이규환을 파워 커브로 잡는 모습을 봤기에 가장 많은 대비를 하고 있을 것이 분명했다.

그렇다면 내가 던질 공은?

쇄애애액!

퍼—엉!

허를 찌르는 포심 패스트볼이다.

그것도 오늘 경기 최고의 공이라 할 수 있는 160㎞의 공을 살짝 높은 코스로 던졌다.

뒤늦게 루이스 시걸이 배트를 휘둘러 봤지만, 이미 타이밍이 한참이나 늦어버린 상황이라 허무하게 삼진을 당하고 말았다.

　이규환에 이어 루이스 시걸까지 3구 삼진으로 잡아내자 관중들의 열광적인 목소리가 더욱더 커졌다.

　그런 상황 속에서 타석에 들어선 동군 6번 타자는 부산 샤크스의 이안 모텐슨이었다.

　전날 홈런왕 대회에서 우승을 차지한 이안 모텐슨의 얼굴엔 자신감이 가득했다.

　하지만 자신감이 너무 과도했기 때문일까?

　부웅!

　"스윙! 타자 아웃!"

　3번을 연달아 배트를 휘두르며 이안 모텐슨마저 3구 삼진을 당하며 기고만장하던 자신감을 저 멀리 내쫓아 버렸다.

　동군의 4, 5, 6번을 모조리 3구 삼진으로 잡아냈다.

　관중들의 열기는 더 이상 뜨거워질 수 없을 만큼 뜨겁게 변해 내 이름을 연호해 댔다.

　"3회까지 던질 수 있겠나?"

　더그아웃으로 들어오자 장성열 감독이 내게 물었다.

　지금과 같은 분위기에서 날 내리기가 쉽지 않다는 듯, 말을 하는 장성열 감독의 얼굴에 난처함이 엿보였다.

　본래 2이닝 정도를 생각했을 장성열 감독일 거다.

그런데 2회에 너무 압도적인 투구로 동군 타자들을 압살하고, 더불어 관중들의 분위기를 뜨겁게 달궈 버리자 투수 교체가 쉽지 않은 거다.

"3회까지 책임을 지겠습니다."

"그럼, 부탁하지."

나 역시 분위기를 망치고 싶지 않았기에 3이닝까지만 던지기로 결정을 내렸다.

동군의 마운드는 또다시 투수가 교체되어 있었다.

벌써 3번째 투수로 수원 드래곤즈의 임정한이었다.

선발 투수가 아닌 불펜 투수로 수원 드래곤즈 불펜의 핵심이었다.

불펜 투수가 선발 투수와 다른 가장 큰 점은 언제든 경기에 출전을 해도 상관이 없을 정도로 항상 준비를 해둔다는 사실이다.

임정한은 1회 활활 불타올랐던 서군 타자들을 상대로 아주 안정적인 투구 내용을 보였다.

2명의 타자들을 출루시켰음에도 불구하고 임정한은 단 1점도 실점하지 않으며 2회 말 공격을 막아내곤 당당하게 마운드에서 내려왔다.

이제 마지막 이닝이다.

다시는 없을 지도 모르는 기회다.

내년 메이저리그로 이적을 하면 다시 한국 프로 무대로 돌아올 일은 없을 가능성이 컸다.

그러니 지금이 내 인생에 있어서 한국 프로 야구 올스타전에서 공을 던지는 마지막 이닝이 될 가능성이 컸다.

─차지혁! 차지혁! 차지혁! 차지혁!

관중들이 하나가 되어 내 이름을 불렀다.

1회와 2회에 보여줬던 투구 내용이 마음에 들었기 때문인지, 아니면 그들 역시 내가 한국 올스타 무대에서 마지막으로 던지는 투구가 될 걸 직감했는지, 한목소리로 응원해 주는 관중들의 과분한 호응에 마운드에 올라가기 직전 모자를 벗어 모든 방향의 관중에게 일일이 인사를 했다.

로진백을 손바닥 위에 올려 가볍게 주물렀다.

타석에 들어서는 동군 올스타 7번 타자, 부산 샤크스의 주전 포수 전영무를 바라보며 가볍게 심호흡을 했다.

저렇게 뜨겁게 응원해 주는 관중들을 위해서라도 좋은 투구 내용을 보여줘야 한다.

애써 무리를 할 필요는 없지만, 깔끔하게 3이닝을 책임지고 마운드를 내려가고 싶었다.

마음을 다잡고 피처 플레이트 위에 발을 올려놨다.

*　　　*　　　*

《서군 선발 투수 차지혁, 눈부신 호투로 올스타전 MVP에 선정!》

2026년 프로 야구 올스타전이 열렸다. 이번이 45번째 올스타전으로 야구팬들에게는 매년마다 맞는 하나의 축제로 자리를 잡았다.

이날의 올스타전은 1회에 이미 승부가 나고 말았다. 서군 올스타 타자들이 동군 올스타 선발 투수인 대구 블루윙즈의 에이스 그렉 알렉산더를 1회부터 강판시켜 버렸고, 뒤이어 마운드에 오른 강남 맨티스의 변성길에게도 4점을 더 뽑아내며 1회부터 8 : 0으로 일찌감치 승부를 결정지었다.

반면 동군 올스타 타자들은 서군 올스타 선발 투수, 대전 호크스의 에이스 차지혁에게 꽁꽁 묶이고 말았다.

1회 초부터 차지혁은 공 3개만으로 이닝을 종료시켜 버렸고, 뒤이어 2회 초에는 동군 올스타에 뽑힌 4번 타자 이규환(대구 블루윙즈), 5번 타자 루이스 시걸(인천 돌핀스), 6번 타자 이안 모렌슨(부산 샤크스)을 모두 3구 삼진으로 잡아내며 전반기에 이어 후반기에도 변함없는 돌풍을 이어나갈 것을 예고했다.

예상외로 3회에도 마운드에 올라온 차지혁은 특유의 공격적인 투구 내용으로 2개의 삼진을 잡아내며 삼자범퇴로 이닝을 마쳤다.

3이닝 동안 정확하게 9명의 타자를 상대로 삼진 5개를 잡아내며 깔끔하게 투구를 마친 차지혁은 이날 경기 직후 기자단을 대상으로 한 올스타 투표에서 94표 중 87표의 압도적인 지지를 받으며 MVP로 선정이 되었다.

올스타전에서 투수가 MVP를 차지한 건 11년 만의 일이며 역대 4번째 투수 MVP로 기록됐다.

동군 올스타 타자들은 차지혁이 마운드에서 내려오기가 무섭게 점수를 뽑아냈다. 하지만 이미 10점 이상 점수를 낸 서군을 쫓아가기엔 버겁기만 했다. 결국 12 : 7로 서군 올스타가 승리를 차지하며 올스타전의 마지막을 장식했다.

차지혁이 올스타전 MVP를 받음으로써 새로운 기록의 가능성 또한 열렸다.

바로 페넌트 레이스 MVP와 올스타전 MVP를 동시에 수상하는 최초의 선수가 될 가능성이 굉장히 높아졌다는 사실이다. 여기에 이미 내정된 신인왕 자리까지 더한다면 한 선수가 신인왕, 페넌트 레이스 MVP, 올스타전 MVP라는 전무후무한 기록의 주인공이 탄생하게 된다.

내일(8월 1일)부터 다시 시작되는 페넌트 레이스 후반기에서 차지혁이 전반기에 달성했던 성적의 절반만 거둔다 하더라도 페넌트 레이스 MVP의 강력한 후보로 자리를 잡게 된다. 올스타전 선발 등판으로 인해 8월 4일(화요일) 선발 등판이 예상되는 차지혁이 후반기 첫 단추를 어떻게 꿰는지 그 관심이 높아질 것으로 전망된다.

◎ CBC 인터넷 스포츠 차동호 기자.
작성일 : 2026년 7월 31일 금요일.

Chapter 5

후반기 페넌트 레이스가 시작됐다.

전반기를 4위라는 놀라운 성적으로 마무리한 대전 호크스의 분위기는 나쁘지 않았다.

하지만 7월 한 달 동안 있었던 트레이드가 결코 좋은 방향으로 영향을 끼치진 않고 있었다.

특히 전반기 특급 마무리로 확실하게 자리를 잡았던 안주민 선배를 트레이드시킨 일은 선수들 사이에서도 말이 많았다.

장태훈 선배야 어차피 골칫거리였으니 대부분의 선수들

이 환영하는 입장이었지만, 안주민 선수는 정반대였다.

무엇보다 선발 투수들의 불만이 상당했다.

선발진에 비해 약하다는 평가가 지배적인 불펜진이었다.

실제로도 전반기에 꽤나 여러 번 선발 투수의 승리를 날려먹은 전적이 있었다.

1, 2점 차이의 리드로 마운드를 넘겨주면 불안해서 지켜보는 내내 가슴을 졸여야만 했다.

이런 상황에서 안주민이라는 확실한 마무리 카드가 사라져 버렸으니, 당장 승리를 날려먹을 가능성이 몇 배나 더 높아진 선발 투수들의 불만은 높을 수밖에 없었다.

그렇다고 7월 트레이드가 마냥 나쁜 것만은 아니었다.

공격력과 수비력이 확실하게 보강이 됐기 때문이다.

특히 전반기 내내 좋은 성적을 내지 못한 진주호 선배를 대신해서 2번 타자로 나서게 될 조문석은 정현우 선배와 함께 리그에서 손꼽히는 테이블 세터를 구성할 예정이었다.

다만 장태훈 선배를 대신해서 중심 타선 역할을 맡게 될 우용탁에 대한 선수들의 기대 심리는 그리 높지 않았다.

출장 시간이 많지 않았다고는 하지만 2할 7푼의 타율과 9개밖에 되지 않는 홈런 개수는 중심 타선을 맡기기에 다소 약하다는 느낌이 강했다.

내야 멀티 자원인 강호진과 외야 멀티 자원인 고정수는

수비력 하나는 리그에서 알아줬다.

　다만 타석에는 크게 기대할 것이 없었지만 수비가 중요시되는 시점이라면 충분히 제 능력을 발휘하며 팀에 도움이 될 선수들이었다.

　그렇게 새로운 변화 속에서 후반기 레이스가 시작됐다.

*　　　*　　　*

　《대전 호크스! 전반기에 이어 후반기에도 돌풍을 이어가다!》

　《후반기 8연승 질주! 대전 호크스, 단숨에 페넌트 레이스 2위 도약!》

　《조문석과 우용탁! 대전 호크스 타선의 마지막 퍼즐 조각을 완성!》

　《전반기 선발 투수 오주영, 후반기 마무리 투수로 변신 대성공! 후반기 시작과 동시에 4세이브 달성!》

　《슈퍼 루키 차지혁! 시즌 13승 달성! 무패 기록은 어디까지?》

　많은 이들의 걱정과 우려 속에 시작된 2026년 프로 야구 후반기 페넌트 레이스는 많은 전문가와 기자들의 예상을 깨고 대전 호크스의 거침없는 질주가 이어졌다.

8월 1일, 페넌트 레이스 단독 선두를 달리고 있는 광주 피닉스와의 경기는 예상외의 난타전이 벌어졌다.

후반기 첫 선발로 마운드에 오른 데이빗 하이드는 전반기 7승에 평균자책점 2.45의 훌륭한 성적으로 대전 호크스의 선발 투수들 가운데에서는 나를 제외하면 가장 좋은 성적을 자랑했다.

당연히 올스타전 선발 등판으로 인해 휴식을 가져야 하는 나를 대신해 후반기 첫 경기 선발 투수로 일찌감치 낙점되었다.

그러나 전반기 평균자책점 2.45를 자랑하는 데이빗 하이드가 무너지는 건 한순간이었다.

1회 말부터 2점을 실점하더니, 2회 말에는 무려 4점이나 실점하며 끝내 마운드에서 내려와야만 했다.

선발 투수가 무너지면 그날 경기는 어려워질 수밖에 없다.

무엇보다 화력이 좋지 못한 대전 호크스의 타선을 생각하면 2회에 6점을 내줬다는 건 쉽게 따라갈 수 없는 스코어였다.

후반기 첫 경기부터 패색이 짙어진 경기, 그런데 누구도 예상하지 못한 곳에서 반전이 시작됐다.

시작은 조문석이었다.

광주 피닉스의 선발 투수, 양동호를 상대로 9구까지 가는 접전 끝에 볼넷으로 출루를 한 것이 결정적이었다.

광주 피닉스의 에이스로서 안정적인 투구를 하며 3회까지 대전 호크스의 타선을 봉쇄했던 양동호였지만, 빠른 발을 자랑하는 조문석이 볼넷으로 출루하고 1루에서 쉬지 않고 신경을 긁어 대니 집중력이 흐트러져선 결국 3번 타자 메이슨 발레타를 또다시 볼넷으로 출루시켜 버리고 말았다.

1사 주자 1, 2루 상황에서 맞이한 4번 타자 그랜트 커렌에게는 공이 손에서 빠지면서 초구 만에 데드볼이 나왔고, 순식간에 모든 루상에 주자가 가득 채워지고 말았다.

주자 만루 상황에서 타석에 들어선 건 조문석과 마찬가지로 7월 트레이드를 통해 새롭게 대전 호크스에 합류를 한 우용탁이었다.

수원 드래곤즈 주전 경쟁에서 밀렸다고 하지만, 우용탁은 훌륭한 타격 재능과 파워를 갖춘 매력적인 타자였다.

그런 우용탁은 그 동안 주전 경쟁에 밀렸던 서러움을 폭발시키듯 양동호가 던진 153㎞의 포심 패스트볼을 그대로 넘겨 버리는 만루 홈런을 터트렸다.

순식간에 4점을 쫓아간 대전 호크스의 타자들은 집중력이 치솟았고, 3회까지 훌륭하게 마운드를 지켰던 양동호는

4회 1사 상황에서 4실점을 하자 급격하게 무너지며 추가로 1점을 더 헌납하고 나서야 강판을 당하고 말았다.

이후, 대전 호크스와 광주 피닉스의 불펜진이 총동원되어야 할 정도로 양 팀의 타선은 매회 점수를 뽑아냈다.

결국 9회 말이 되자 12 : 11이라는 피 말리는 한 점 차 승부에서 마운드에 오른 전반기 선발 투수였던 오주영 선배는 시즌 첫 번째 세이브를 달성하며 후반기 첫 경기에서 아슬아슬한 승리를 거둘 수 있었다.

그렇게 첫 경기에서 승리를 거둔 대전 호크스는 다음 날에도 광주 피닉스를 상대로 식지 않은 화력을 선보이며 손쉽게 승리를 거뒀고, 이튿날에도 광주 피닉스를 누르며 심상찮은 행보를 예고했다.

그리고 이어진 내 첫 후반기 선발 등판 경기에서도 조문석의 3안타와 우용탁의 2홈런을 지원받으며 손쉬운 승리를 챙길 수가 있었다.

실질적인 4선발 로테이션을 꾸려 나가는 대전 호크스의 마운드는 다른 구단과 비교해도 압도적이라 할 정도로 막강했다.

데이빗 하이드도 후반기 첫 경기에서 보여주었던 실망스러운 모습을 두 경기 만에 홀홀 털어내며 승리 투수가 됐고, 특급 마무리였던 안주민 선배의 빈자리도 오주영 선배가 대신하며 새로운 수호신으로 불리기 시작했다.

8연승을 달리는 가운데 후반기 두 번째, 페넌트 레이스 전체 17번째 선발 등판 경기가 벌어졌다.

상대는 전통의 강호 대구 블루윙즈.

현재 1게임 차이로 3위로 밀려나 버린 대구 블루윙즈는 앞선 이틀 동안 연속 패배를 당하며 3차전에서의 설욕을 준비했다.

자존심 때문이라도 스윕을 당할 수 없다는 듯, 총력전을 펼쳤다.

에이스인 그렉 알렉산더를 선발로 내세웠고, 타선 또한 대구 블루윙즈의 최정예로만 꾸렸다.

1회 초, 그렉 알렉산더는 후반기 시작과 동시에 불이 붙어서 좀처럼 꺼질 줄 모르는 대전 호크스의 방망이를 잠재우기 위해 혼신의 힘을 다해 공을 던졌지만, 폭발하듯 연일 맹타를 휘두르는 우용탁에게 투런 홈런을 맞으며 오늘 경기가 쉽지 않을 것임을 예고했다.

반면 대전 호크스의 선발로 나선 나는 평소와 마찬가지로 공을 던졌고, 대구 블루윙즈 타선을 깔끔하게 막아냈다.

이어진 2회 초, 대전 호크스의 공격에 그렉 알렉산더는 또다시 1점을 실점했지만, 나는 여전히 철벽같은 마운드를 자랑했다.

1, 2회 만에 3점을 실점했지만, 그렉 알렉산더는 이후 7회까지 대전 호크스의 불타는 타선을 억누르며 선발 투수로서의 몫을 다 하고 내려갔다.

국내 10개 구단 중 가장 막강한 불펜진을 자랑하는 대구 블루윙즈였지만, 이틀 연속 대전 호크스와의 경기에서 체력을 소모한 대구 블루윙즈의 불펜 투수들은 8회와 9회 동안 3실점을 하며 무기력한 모습을 보였다.

반대로 나는 9회까지 3개의 피안타만으로 대구 블루윙즈의 공격을 완벽하게 막아냈다.

후반기 첫 완봉승과 동시에 시즌 14승을 올렸다.

9연승.

구단 내부는 말 그대로 축제 분위기였다.

항상 하위권을 맴돌던 팀이 페넌트 레이스 단독 2위에 오른 것도 대단했고, 9연승을 달리고 있다는 것 또한 믿기지 않았다.

팬들은 말할 것도 없었다.

유니폼을 비롯한 각종 선수 관련 물품들이 불티나게 팔려 나갔다.

특히 나와 관련된 상품들은 없어서 못 팔 정도라고 귀띔을 할 정도였다.

"이럴 줄 알았으면 유니폼을 비롯해서 초상권에 대한 수익 배분도 더 요구를 했었어야 했는데, 차지혁 선수에게는 면목이 없습니다."

황병익 대표의 말에 나는 아니라는 듯 고개를 저었다.

현재 대전 호크스와의 계약 내용만 하더라도 난 충분히 다른 선수들이 꿈도 못 꿀 계약을 했다.

여기서 더 바라는 건 정말 탐욕이다.

신인 선수로서 이 정도면 충분하다는 생각이다.

"전 지금 계약만으로도 충분히 만족합니다. 그리고 후반기 선발 등판에 따른 보너스 내용을 추가 삽입하지 않았습니까? 구단에서 이만큼이나 절 생각해 주니 저로 인해 구단도 충분히 이익을 봐야 한다고 생각합니다."

시즌 후반기에 들어가기 직전 황병익 대표는 구단과 추가 옵션 보너스 계약에 합의했다.

180이닝을 돌파할 때마다 1이닝 당 1천만 원, 200이닝 돌파 시 추가 보너스 5억, 200탈삼진 돌파 시 추가 보너스 3억, 250탈삼진 돌파 시 추가 보너스 5억이 구단과의 합의 내용이다.

시즌 중 계약 보너스를 새롭게 갱신하는 일은 흔하지 않지만, 아예 없는 일도 아니었다.

무엇보다 보너스 내용들을 자세히 살펴보면 그리 만만한 것들이 아니었다.

선발 투수라 하더라도 180이닝을 소화하기란 쉽지 않은 일이다.

특히 신인이라면 말할 것도 없다.

여기에 200탈삼진 또한 결코 간단한 일이 아니다.

실제로 이런 조항을 다른 투수들에게 넣는다 하더라도 달성할 수 있는 투수는 다섯 손가락에 꼽을 정도로 적었다.

그만큼 힘든 일이란 소리다.

구단에서 이런 보너스 계약을 제안한 이유는 내가 한 경기라도 더 많이 출전해서 많은 이닝을 소화해 주길 바라기 때문이다.

즉, 4선발 로테이션을 확실하게 운영하기 위한 미끼인 셈이다.

대전 호크스 구단에서도 이미 너무나도 잘 알고 있다.

올 시즌이 시작이자, 끝이라는 사실을.

내년 시즌에도 내가 국내에 남는다?

있을 수 없는 일이다.

한 살이라도 젊을 때 도전해야 하는 곳이 메이저리그다.

예상보다 빠르지만, 올 시즌만으로도 나는 내가 원하던 국내 프로의 경험과 커리어를 충분히 쌓을 수 있었다.

후반기를 망치지만 않는다면 내년에는 메이저리그에서 프로 생활을 할 생각이 확고한 상태였다.

이런 사실을 알고 있는 대전 호크스에서는 어떻게든 내가 있을 때 최대한 좋은 성적으로 가을 야구를 할 계획을 잡았고, 그 계획을 위해 보너스 계약을 추진한 거다.

"좋은 자세입니다. 하지만 메이저리그 구단과의 계약에서는 절대 있을 수 없는 일입니다."

당연하다.

대전 호크스에서 나를 통해 얻는 이익금과 메이저리그의 구단에서 얻게 될 이익금은 하늘과 땅 차이가 날 만큼 엄청나다.

비교 자체가 될 수 없는 부분이다.

그런 것까지 모조리 구단에게 넘긴다?

황병익 대표의 말대로 절대 있을 수 없는 일이다.

더욱이 지금은 스타플레이어가 아니라 하더라도 메이저리그의 선수 대부분이 초상권과 관련된 부분에 있어 자신의 몫을 확실하게 구단과 분배를 하고 있었다.

옛날에는 일부 특정 선수들이나 이익금 분배를 요구할 수 있었지만, 지금은 다르다.

메이저리거는 그 자체가 상품이다.

자신의 상품성에 대한 정당한 요구는 당연한 거다.

돈에 대한 욕심이 아니라, 자신에 대한 가치를 확실하게 주장하는 거였기에 나 역시 그 부분에 있어서는 물렁하게 물러설 생각이 조금도 없었다.

"그런데, 오늘 중요하게 하실 말씀이 있다고 하지 않으셨나요?"

웬만해서는 휴식일에는 연락을 하지 않는 황병익 대표였다.

열흘 중 딱 하루 쉬는 야구 선수였기에 휴식일 만큼은 되도록 나한테 전화도 하질 않는 황병익 대표였다.

그런 휴식일에 집으로 찾아온 황병익 대표였으니 나와 급하게 상의한 문제가 있다는 뜻이었다.

"아! 맞습니다. 메이저리그 구단 중 한 곳에서 차지혁 선수와 꼭 만나고 싶다며 수차례 연락을 해오고 있습니다. 시즌이 끝나기 전까지는 절대 만나지 않는다고 확실하게 말을 했지만, 이제는 절 찾아와서까지 꼭 좀 부탁한다면서 애원을 하는 통에……."

황병익 대표의 눈동자엔 미안함과 난처함이 함께 들어가 있었다.

한편으로는 얼마나 황병익 대표를 물고 늘어졌기에 저렇게까지 내 앞에서 죄인처럼 앉아 있나 싶은 마음도 들었다.

"어느 구단입니까?"

"뉴욕 양키스입니다."

뉴욕 양키스.

메이저리그 최고의 구단.

야구를 모르는 사람도 뉴욕 양키스라는 팀에 대해서는 들어봤다는 말이 나올 정도로 세계적인 스포츠 구단이 바로 뉴욕 양키스다.

아주 오래전부터 뉴욕 양키스를 부를 때엔 이렇게 불렀다.

악의 제국.

최고의 선수들을 돈으로 사들인다고 해서 붙여진 이름이다.

FA제도가 있던 때는 물론, 현재까지도 최고의 선수들만 사들이는 뉴욕 양키스의 선수단 전체 몸값은 모든 프로 스포츠를 통틀어 세계 최고라고 할 정도로 어마어마했다.

오죽했으면 몸값 500억 이하의 선수는 뉴욕 양키스 40인 로스터에 들어갈 수도 없다는 우스갯소리도 있을 정도다.

실제로 메이저리그 최고의 이적료 Top10에 올라 있는 선수 중 7명이 뉴욕 양키스의 선수들이었다.

말 그대로 돈질에 있어서는 그 어떤 구단도 따라올 수 없는 독보적인 위치에 올라가 있는 뉴욕 양키스에서 날 만나기 위해 황병익 대표를 끈질기게 괴롭힌 거다.

"제 생각에 변함은 없습니다."

시즌 중에 메이저리그 구단과 접촉할 생각은 눈곱만큼도

없다.

현재는 시즌에만 집중해야 할 때다.

벌써부터 메이저리그 구단과 이적에 대해 논의를 하며 헛된 기대나 자만심에 빠지고 싶지 않았다.

"5년 1억 5천만 달러. 양키스 스카우트가 차지혁 선수에게 제안을 한 금액입니다. 현재 접촉해 온 모든 메이저리그 구단 중 최고 금액입니다. 더불어 개인적으로 이보다 더 높은 금액은 없을 거라 생각하고 있습니다."

5년 1억 5천만 달러?

확실히 뉴욕 양키스의 돈 자랑은 나조차 입이 벌어지게 만들었다.

* * *

─차지혁 선수! 시즌 18승을 올렸습니다! 정말 대단합니다! 후반기 성적만 놓고 본다면 6연승입니다. 앞으로 남아 있는 선발 일정에서 절반만 승리한다 하더라도 20승의 고지에는 쉽게 올라설 것으로 보입니다. 무엇보다 대단한 건 지금까지 21경기 선발 등판 중 단 한 번의 패배도 기록하지 않고 있다는 사실입니다. 18승 무패. 이제는 차지혁 선수가 선발 등판하는 것 자체가 매번 새로운 기록이 되고 있습니

다. 더불어 오늘 경기까지 7번 완봉승을 기록하면서 1986년 선동영 선수가 세운 한 시즌 8번 완봉승 기록까지는 단 한 경기만을 남겨두고 있습니다. 지금까지 차지혁 선수가 새로 작성한 기록들만 하더라도…….

"에바! 또 이겼어!"

TV를 지켜보던 정혜영이 어린아이처럼 폴짝폴짝 뛰며 좋아했다.

"정말 대단하네."

이제는 더 이상 감탄도 나오질 않는 에바였다.

차지혁의 투구는 나날이 진화하는 것 같았다.

신인 투수가 던지는 공은 알려지지 않았기에 타자들에게 위협적이라고 하지만, 이미 차지혁은 모든 구단에서 가장 경계하는 투수 중 하나가 되었고 모든 분석이 끝난 상태다.

그럼에도 타자들은 못 치고 있었다.

이유야 뻔하다.

말 그대로 알고도 못 치는 투수가 되어버린 상황이다.

오죽하면 차지혁이 등판하고 난 이후의 모든 기사에서 차지혁은 국내용이 아니라고 말할 정도였다.

몇몇 기사는 차지혁에게 양심이라는 게 있다면 내년 시즌에는 반드시 메이저리그로 진출해야 한다고 주장하고 있었다.

"에바! 다음 주 목요일에 대전 내려가는 거 알고 있지?"

정혜영의 물음에 에바는 기억하고 있다며 고개를 끄덕였다.

"물론이지."

대답이 끝나기가 무섭게 정혜영이 갑작스럽게 에바에게 달려들었다.

"다시 한 번 고마워, 에바! 덕분에 차지혁 선수와 만날 수도 있었고, 정식으로 시합에 초대도 받았잖아."

차지혁과의 만남.

정혜영은 아직도 그날의 감격을 잊지 못하고 있었다.

8월 20일이었다.

점심을 먹자는 에바의 말에 아무런 생각도 없이 약속 장소에 나갔다가 차지혁을 만났다.

그 자리에서 에바에게 차지혁과의 일을 듣게 되었고, 세 사람은 그렇게 점심 식사를 함께했다.

고작 2시간밖에 되지 않았던 짧은 점심 식사였지만, 정혜영에게는 너무나도 행복한 시간이었다.

"아! 승리 축하 문자를 보내야지!"

정혜영은 핸드폰으로 차지혁에게 승리 축하 메시지를 보냈다.

전화번호까지 교환하고 간단하게 안부 정도까지 물을 정
도로 친분을 쌓았기에 가능한 일이었다.

축하 메시지를 보내고 나서 연신 핸드폰만 바라보고 있
는 정혜영의 모습에 에바는 고개를 저었다.

"혜영, 이제 막 경기가 끝난 차지혁 선수잖아. 답장이 그
렇게 일찍……."

"왔다!"

에바의 말이 끝나기도 전에 정혜영의 핸드폰에서 알림음
이 울렸다.

"고맙다고 답장이 왔어!"

고맙습니다.

누가 봐도 형식적인 답장이었지만, 정혜영은 그것만으로
도 행복한 미소를 짓고 있었다.

*   *   *

지이잉.

문자가 왔다는 핸드폰 진동에 액정 화면을 바라봤다.

답장 고마워요!

오늘 경기 너무 수고하셨어요. 일찍 푹 쉬시고, 다음 경기도 파이팅!

8일, 대전 한밭 야구장에서 에바와 함께 꼭 응원할게요!

뭐라고 답장이라도 해야 하나 고민하는 사이, 등 뒤로 그림자 하나가 스윽 나타났다.

"뭐야, 뭐야? 문자에서부터 느껴지는 이 달달함은 뭐야? 혹시… 여자 친구 생겼냐?"

정현우 선배였다.

"그럴 리가 있겠습니까?"

"…그래, 너한테 뭘 바라겠냐?"

고개를 절레절레 저으며 정현우 선배가 날 한심하다는 듯 바라봤다.

"내일 휴식일이라 오늘 몇 명하고 한잔하기로 했는데, 같이 가자."

"저는……."

"오늘은 빠질 생각하지 마. 술 먹으라고 하지 않을 테니까, 적당하게 한두 시간 정도만 자리 지켰다가 가."

평소처럼 빠질까 하다가 생각을 바꿨다.

오늘 야수들의 도움이 아니었다면 완봉승까지 갈 수 없

었기에 고맙다는 말이라도 하고 싶었다.

"알겠습니다."

"가자!"

정현우 선배의 손에 이끌려 도착한 곳은 강남의 고급 술집이었다.

"이런 곳에 자주 오십니까?"

"자주는 아니고 가끔!"

화려하면서도 고급스러운 인테리어에 향수 냄새가 풀풀 풍기는 예쁜 여자 종업원들이 손님방을 들락거리는 고급 술집의 분위기는 내 예상과는 너무 다른 곳이라 오늘의 결정을 후회하기에 충분했다.

"이쪽입니다."

나보다 서너 살 많아 보이는 키가 크고 잘생긴 남자 종업원의 안내를 받으며 도착한 방에는 이미 6명이나 되는 선수들이 자리를 잡고 앉아 있었다.

"현우 왔네. 어? 지혁이도 왔네?"

가장 먼저 말을 꺼낸 사람은 장근범 선배였다.

"빠지려고 하는 걸 끌고 왔습니다."

"잘 왔다. 오늘 완봉승 한다고 고생 많았다. 지혁이는 술 안 하니까… 음료수 한잔할래?"

"맥주 한 잔 정도만 하겠습니다."

"그래? 그럼 맥주 한 잔 해라."

내가 장근범 선배가 따라주는 맥주를 받는 사이, 정현우 선배는 이미 다른 선수로부터 양주를 받고 있었다.

"모두 잔 들고, 오늘 지혁이 18승 축하의 의미로 한잔하자!"

어쩌다 보니 내 18승 축하 자리가 된 것 같았다.

시원하게 맥주 한 모금을 하고 잔을 내려놓자, 곁에 앉아 있던 건장한 체격의 선수 우용탁 선배가 말을 했다.

"이적할 팀은 정한 거냐?"

평소에는 과묵했지만 할 말은 하는 성격인 우용탁 선배였다.

트레이드로 대전 호크스의 유니폼을 입은 지 2달도 되지 않았지만 동기와 선후배들이 팀에 있었기에 어울리는 데에는 큰 어려움이 없었다.

국내에 10개 구단이 있지만 실제로 상당히 많은 수의 선수들이 친분 관계를 맺고 있었고, 한 다리 걸치면 모두 아는 사이라고 할 수 있었기에 트레이드나 이적으로 인해 외로움을 느낄 일은 거의 없다 할 수 있었다.

7월에 트레이드를 통해 대전 호크스에 합류한 선수들 대부분이 팀에 적응하는 데에는 큰 어려움이 없었다.

"시즌이 끝나고 본격적으로 알아볼 생각입니다."

"메이저리그의 모든 구단들이 이적 경쟁을 한다면서? 소문에는 1억 달러 이상이라고 하던데… 사실이야?"

부러운 눈으로 날 바라보며 묻는 김추곤 선배였다.

1억 달러.

국내 선수들에게는 꿈도 꿔보지 못할 천문학적인 돈이다.

"대충 그렇다고는 들었지만, 정확하게는 에이전트만 알고 있습니다."

방 안의 모든 선수들이 날 빤히 바라보고 있었고 눈빛은 모두 부러움이 가득했기에 부담스러운 이야기는 더 이상 하고 싶지 않았다.

그런 내 뜻을 알아차린 건 역시 눈치 빠른 정현우 선배였다.

"어차피 지혁이는 애초부터 메이저리그를 가야 할 놈이었으니까, 이제 똑바로 제 길을 가는 거지. 다른 건 몰라도 메이저리그에 가서도 지금처럼 자신 있게 네 공을 던져라. 너 자체가 한국 야구의 자존심이라는 걸 잊지 말고. 알겠지?"

"알겠습니다."

정현우 선배의 의도대로 분위기가 바뀌었다.

나에 대한 관심을 접어두고 대전 호크스의 가을 야구에

대한 이야기, 다른 선수나 팀에 대한 이야기가 이어졌다.

2시간 정도 선수들끼리 술을 마시며 이야기를 하다 장근범 선배가 와이프가 기다린다며 자리에서 일어나자 재빨리 나 역시 일어났다.

술집을 나오자 장근범 선배가 택시를 잡기 전 나에게 말했다.

"지혁아, 네 최대 단점이 뭔지 알아?"

내가 말없이 장근범 선배를 바라보자 그가 말을 이었다.

"넌 사교성이 너무 없어. 선배나 동기들하고 친하게 지내. 네가 아무리 내년부터 메이저리그에서 선수 생활을 한다 하더라도 결국은 한국인이잖아? 선수 생활 끝나고 야구계를 떠날 거 아니라면 적당하게 친분도 쌓으면서 지내라. 한국은 누가 뭐라 하더라도 아직까지도 인맥으로 돌아가는 사회야. 네가 팀 막내인데 선배들이 널 왜 어려워하는지 한 번쯤은 생각을 해봤으면 좋겠다. 이건 메이저리그에 가서도 마찬가지야. 야구는 절대 혼자 하는 경기가 아니라는 걸 너도 잘 알고 있잖아? 더욱이 메이저리그에서는 야수들의 도움이 없으면 결코 좋은 성적을 낼 수 없을 거다. 널 위해서라도 다른 선수들과 친하게 지내는 방법을 생각했으면 한다."

어깨를 가볍게 두드려 주고 택시를 타고 떠나는 장근범

선배였다.

사교성.

노력하려고 해도 쉽게 되질 않는 부분이었다.

딱히 나 스스로가 다른 사람들의 접근을 차단하고 있을 정도로 폐쇄적이라고는 생각하지 않았다.

하지만 반대로 내가 적극적으로 다른 사람들에게 다가가지도 않았으니 결국은 나에게 문제가 있는 건 사실이었다.

더욱이 팀의 막내라는 걸 생각하면 내 행동이 선배들에게는 분명 좋게 보이지 않았을 건 분명했다.

외롭지 않다고 다른 선수들과 친하게 지내지 않는다?

이건 분명 틀린 거다.

"야구보다 어려워."

                    *   *   *

대전 호크스 홈구장 대전 한밭 야구장.

"오늘도 역시 꽉꽉 들어찼네."

차동호 기자는 야구장을 가득 채운 관중들을 바라봤다.

30전 21승 9패.

후반기 페넌트 레이스가 시작되고 난 이후의 대전 호크스의 성적이다.

무려 7할에 이르는 승률을 자랑하며 어느덧 1위 광주 피닉스와의 승차를 2게임 차이로 바짝 뒤쫓고 있었다.

후반기 시작과 동시에 13연승을 기록한 대전 호크스의 기세는 대단했다.

오늘 경기를 포함해서 앞으로 남아 있는 경기 수는 33경기.

승률 5할만 받쳐준다면, 가을 야구를 충분히 할 수 있는 대전 호크스였다.

가을 야구, 포스트 시즌은 모든 구단과 야구팬들이 가장 기대하는 시리즈다.

페넌트 레이스 1위의 성적도 영광된 자리지만, 포스트 시즌에서의 우승은 한 단계 위라 불러도 좋을 정도로 최고의 영예라 부를 수 있다.

특히 2007년 이후 가을 야구를 한 번도 해보지 못한 대전 호크스에게 올해는 19년 만에 찾아온 절호의 기회였다.

국내 최강의 선발진을 갖추었고, 물방망이라 불리던 타선도 그 여느 때보다도 활발하게 타오르고 있었다.

그러다 보니 현재 대전 호크스 팬들의 열기는 대한민국 최고라 불리는 부산 샤크스보다 더 뜨거웠다.

홈경기는 말할 것도 없고, 원정 경기마저도 고정적으로 수천 명의 팬이 몰려 다닐 정도였다.

팬들의 열광적인 응원에 보답하듯 대전 호크스는 매 경기마다 최선을 다했고, 그 덕분에 높은 승률을 기록하고 있는 것이기도 했다.

"페넌트 레이스에서 2위로만 올라서도……."

한국 시리즈 우승까지도 넘볼 수 있는 대전 호크스다.

무적의 방패라 불리는 차지혁이 선발로 등판하면 우선 1점 이내로 상대 팀을 꽁꽁 묶을 수 있다.

타선에서 어떻게든 1~2점만 점수를 내면 승리한다는 공식이 있을 정도였으니 대전 호크스가 한국 시리즈에만 진출하면 차지혁으로 인해 2승은 쉽게 챙길 가능성이 컸다.

─차지혁! 차지혁! 차지혁! 차지혁! 차지혁!

관중들이 한목소리로 차지혁의 이름을 불렀다.

홈경기든 원정 경기든 대전 호크스의 팬들은 구름처럼 몰려다니며 차지혁을 연호했다.

지금까지 한국 프로 야구 역사상 이처럼 열광적인 응원을 받은 선수는 없었다.

한국 프로 야구 레전드라 불리는 선수들조차 매 경기마다 이런 광적인 응원은 받아본 적이 없다.

어느 팬의 말처럼 차지혁은 이미 대전 호크스의 심장이자, 자랑이며, 레전드였다.

인천 돌핀스의 1회 초 공격을 막기 위해 차지혁이 마운드에 올라서자 대전 호스크의 팬들이 한 사람도 빼놓지 않고 모두 기립해서 우레와 같은 박수로 응원을 시작했다.

가슴이 떨렸다.

지켜보는 것만으로도 차동호는 자신의 가슴이 세차게 떨리고 있었다.

정작 관중들의 응원을 받는 차지혁은 여느 때와 마찬가지로 얼굴 표정 하나 변하지 않은 상태로 태연하게 공을 던지고 있었다.

쇄애애애액!

퍼―엉!

포수 미트에서 발생되는 파열음이 가슴까지 시원하게 만들었다.

시즌 22번째 경기, 19승 도전 경기.

타석에 타자가 들어서면서 경기가 시작됐다.

*　　　*　　　*

―축하한다! 역시 네가 괴물은 괴물인 모양이다!

핸드폰 너머에서 들려오는 반가운 목소리에 나도 모르게 입가에 미소가 그려졌다.

"고맙다."

―싱거운 놈. 어떻게 된 놈이 신인 주제에 20승을 거두고도 고작 한다는 말이 그게 전부냐? 인터뷰도 참 멋대가리 없고. 자고로 진짜 슈퍼스타가 되려면 팬들을 열광시킬 수 있는 퍼포먼스가 필요한 법이야. 조금만 더 부드럽게 팬 서비스를 하면 지금보다 2배는 더 많은 팬들이 너에게 미칠 거다! 제발, 실력에 어울리는 퍼포먼스도 좀 배워라!

"엉뚱한 소리 하면 전화 끊는다."

―지혁아! 나 드디어 콜업 됐다!

"정말?"

듣던 중 가장 반가운 소리다.

1년도 되지 않아서 메이저리그로 승격했다는 건 굉장한 일이다.

장형수의 재능과 실력을 모르는 건 아니지만, 메이저리그에서 선수 육성을 어떻게 하는지 최상호 코치나 박호찬 선배를 통해 많이 들었기 때문에 빠르다 하더라도 내년 후반기는 되야 승격을 하지 않을까 하고 생각하고 있었기 때문이다.

더욱이 장형수는 포수다.

전체적으로 경기를 조율할 줄 알아야 하는데, 영어 실력이 썩 훌륭하지 않은 장형수였기에 언어 문제도 발목을 잡을 거라 예상하고 있었다.

─당연하지! 이제부터 나도 메이저리거다! <u>흐흐흐</u>!

"얼마나 남았지?"

─뭐가?

"게임 수."

─정확하게 21게임 남았다. 운이 좋으면 절반 정도는 출전이 가능할지도 모른다. 요즘 주전, 백업 할 것 없이 포수들 상태가 완전히 꽝이거든. 그러니 오죽하면 빈둥빈둥 놀고 있는 날 불러들였겠냐. <u>흐흐</u>!

익살스러운 웃음 속에 행복감이 가득 느껴졌다.

말과 다르게 트리플A의 시즌이 끝나고부터 장형수는 하루도 빼놓지 않고 힘든 훈련을 받고 있다고 했다.

더욱이 밀워키 브루어스에서 4라운드에 지명을 했을 정도로 장형수는 구단 내에서 꽤나 주목하는 선수 중 하나였다.

장형수의 말처럼 빈둥빈둥 놀게 내버려 둘 수가 없는 선수다.

"기회는 왔을 때 확실하게 잡아야 한다는 건 너도 알 테니까 딱히 다른 말은 하지 않을게. 부상만 조심해라. 잘 보이겠다는 생각에 무리를 하면 그 즉시 부상이다. 그것만 조심해라."

─걱정 마라. 아! 그리고 우리 구단에서도 널 영입하려고

준비 중이라고 하던데, 너 우리 구단으로 올 생각 없냐? 고등학교 때처럼 너랑 나랑 환상의 호흡으로 메이저리그를 장악하는 거야! 어때? 땡기지?

장형수에게 미안한 말이지만 밀워키 브루어스는 내가 생각하고 있는 구단이 아니다.

타 구단에 비해 경쟁력이 높지 않았고, 내가 이적을 생각해 볼 정도로 매력적인 구단도 아니다.

그나마 지금까지 내 인생 최고의 절친이라 할 수 있는 장형수가 소속된 팀이라는 게 유일한 무기라면 무기가 될 수 있겠지만, 그것만으로는 한참이나 부족했다.

만에 하나 장형수가 트레이드라도 당해 버린다면?

내 입장에서는 황당할 수밖에 없는 노릇이다.

"이적 문제는 시즌 끝나고 차근차근 생각해 볼 거다."

─그래, 너야 어차피 오라는 곳도 많은데 무슨 걱정이겠냐? 부러운 놈. 어쨌든 20승 다시 한 번 축하한다. 이왕이면 남은 경기도 다 이겨서 역대 최고의 신인으로 그 어떤 놈도 네 기록에 도전할 수 없도록 만들어 버려라.

"그래. 너도 열심히 하고. 좋은 소식 기다릴게."

─흐흐. 기대해라. 올 시즌이 끝나기 전에 홈런도 터트리고, 내 실력도 확실하게 보여줘서 내년부터는 시즌 시작과 동시에 주전으로 안방을 꿰차고 말테니까!

자신감 넘치는 장형수의 말을 듣고 10분 정도 이런저런 잡담을 나누다 전화를 끊었다.

이제 장형수도 메이저리거가 됐다.

나 역시 올 시즌을 끝으로 메이저리그로 진출을 한다.

그 전에 국내 무대에서 유종의 미를 거두는 것이 우선이다.

이제 내게 남아 있는 경기도 얼마 되지 않았다.

전반기에 비해 후반기는 정말 빠르게 지나가는 기분이었다.

게임수가 전반기에 비해 적은 것도 이유 중 하나겠지만, 전반기와 다르게 4일 휴식 후 선발 등판을 하다 보니 시간이 빠르게 지난 것이 가장 컸다.

25경기 만에 20승을 달성했고, 앞으로 남은 경기는 4경기였다.

그리고 현재 페넌트 레이스 2위를 고수하고 있는 대전 호크스였기에 갑작스럽게 연패의 늪에 빠지지 않는 이상, 가을 야구는 당연시 여겨지고 있는 상황이기도 했다.

대전 호크스와 계약할 때만 하더라도 가을 야구에 대한 기대는 눈곱만큼도 없었다.

그런데 예상외로 가을 야구를 준비해야 할 정도로까지 성적이 치솟는 바람에 은근한 욕심이 가슴 속에서 꿈틀거리고 있었다.

한국 시리즈 우승!

지금과 같은 성적으로 페넌트 레이스를 2위로 마치면 충분히 한국 시리즈 우승까지도 넘볼 만했다.

설령 우승을 못 한다 하더라도 한국 시리즈와 같은 대경기에서 선발로 나선다는 것만으로도 내겐 큰 경험과 추억거리가 될 수 있었다.

그러기 위해선 당장 내게 남아 있는 4경기에서의 승리가 꼭 필요하다.

전화 통화를 하면서 잠시 멈췄던 마무리 운동을 다시 시작했다.

Chapter 6

《차지혁 21승과 동시에 단일 시즌 탈삼진 기록 갱신!》

《대전 호크스 막판 추격전! 선두 광주 피닉스와 2게임 차!》

《후반기 최고의 활약을 선보이고 있는 우용탁! 36호 홈런!》

《22세이브 달성! 특급 마무리 오주영!》

《KKK! 차지혁, 250탈삼진 돌파!》

《대전 호크스! 광주 피닉스와 공동 선두!》

《운명의 장난처럼 대전 호크스와 광주 피닉스의 마지막 격돌이 리그 1위를 가린다. 그 선봉으로 23승에 도전하는 차지혁!》

10월 3일, 토요일이 되자 신광주 구장에는 엄청나게 많은 야구팬들로 인해 주변 교통이 마비될 정도로 혼잡한 상황이 벌어졌다.

현재 리그 공동 선두에 서 있는 광주 피닉스와 대전 호크스의 리그 마지막 3차전의 첫 번째 격돌이 시작되기 때문이다.

대전 호크스와 광주 피닉스는 모두 6경기씩 남겨둔 상황이다.

이런 살 떨리는 선두 경쟁 속에서 두 팀은 거짓말 같은 리그 마지막 3차전을 준비해야만 했다.

실질적으로 이번 3차전의 승자가 누구냐에 따라 리그 1위의 윤곽이 가려진다 할 수 있었다.

이런 중요한 시합에서 대전 호크스의 팬들은 다소 여유로운 표정을 짓고 있었다.

"보나마나 오늘 광주 피닉스가 완전히 깨지겠지! 하하하하!"

"당연하지! 다른 누구도 아니고 차지혁이 선발로 나오는 경기잖아!"

"광주 피닉스 타자들 아마 지금쯤 똥 씹은 표정으로 덜덜 떨고 있을걸?"

"야야, 오죽하면 광주 피닉스 장성열 감독이 에이스 양동호까지 로테이션을 바꿨겠어?"

"졸라 치사한 인간이지! 차지혁 상대로 승산이 없다 싶으니까 오늘 등판해야 하는 양동호를 내일로 미루고, 오늘 이상한 놈을 선발로 올렸잖아!"

"그러게 말이야! 젠장! 오늘 양동호 털어버리면 2차전, 3차전까지 다 스윕해 버릴 수 있었을 텐데!"

대전 호크스의 원정 팬들이 삼삼오오 모여 시끄럽게 떠들자, 광주 피닉스의 팬들이 인상을 찌푸리며 접근했다.

"시방, 뭐라고 씨부렸냐?"

얼굴은 평범하게 생겼지만, 말투가 사나운 광주 피닉스의 팬들로 인해 대전 호크스 원정 팬들은 서둘러 자리를 피해 버렸다.

이런 모습은 경기장 곳곳에서 쉽게 볼 수 있었다.

선두 경쟁이 워낙 치열하다 보니 양 팀 팬들의 감정적인 대립도 꽤 격렬해진 거였다.

여기저기서 팬들의 응원가가 울려 퍼졌다.

잔뜩 달아오른 모습이 분위기만 보면 꼭 한국 시리즈를 앞둔 것 같기도 했다.

*　　　*　　　*

딱!

"마이 볼!"

높이 치솟은 타구를 3루수 메이슨 발레타가 좌우로 손을 휘두르며 소리쳤다.

안정적인 자세로 타구를 잡아내는 메이슨 발레타를 바라보며 나는 왼쪽 주먹을 불끈 쥐었다.

―와아아아아아아!

원정 팬 관중석에서 거대한 함성이 쏟아져 나왔다.

시즌 23승과 더불어 1986년 선동영이 세운 시즌 최다 완봉승인 8승을 뛰어넘는 9승의 고지에 올라섰다.

최종 스코어 2 : 0으로 승리하면서 대전 호크스는 공동 선두의 자리에서 광주 피닉스를 밀어내며 단독 선두가 됐다.

마운드에 서 있는 나를 향해 모든 선수들이 달려 나왔다.

페넌트 레이스 단독 1위에 올랐다는 사실에 모두 들떠 있었다.

"헤이~ 차! 완봉승 축하해!"

메이슨 발레타가 내미는 공을 받아 들었다.

메이슨 발레타가 건네준 오늘의 공 역시 아버지의 자랑스러운 기념구가 될 거다.

시즌 9번째 완봉승 기념구였으니 아버지가 흐뭇하게 웃

으며 매일같이 닦을 모습이 선명하게 그려졌다.

축제 분위기가 살짝 가라앉으며 오늘의 수훈 선수 인터뷰가 시작됐다.

―차지혁 선수! 23승과 단일 시즌 최다 완봉승 신기록 축하드립니다! 우선 소감부터 한 말씀 부탁드리겠습니다.

여자 아나운서가 건네주는 마이크를 받아들고는 카메라를 향해 말했다.

"응원해 주신 모든 팬 여러분들께 가장 먼저 감사드립니다. 더불어 오늘 승리를 위해 몸을 아끼지 않고 함께 경기를 한 야수들과 격려와 응원을 아끼지 않고 더그아웃에서 파이팅을 불어 넣어준 모든 선수에게도 고마움을 전하고 싶습니다. 오늘의 승리는 저 혼자 해낸 것이 아닌 모든 선수들이 하나가 되어 이뤄낸 결과물입니다. 감사합니다."

―오늘 경기는 아주 중요한 경기였습니다. 공동 선두인 광주 피닉스와의 시즌 마지막 3차전의 첫 번째 경기로, 패배했을 때의 후유증이 굉장히 컸을 겁니다. 그에 따른 부담감은 없으셨습니까?

"말씀하신 것처럼 오늘 경기는 대단히 중요했고, 당연히 그에 따른 부담감도 있었습니다. 그랬기에 최대한 평소처럼 편안하게 공을 던지려고 노력했습니다. 제 공을 믿었고,

등 뒤를 지켜주는 야수들을 믿었기에 승리할 수 있었습니다."

—오늘 경기로 인해 평균자책점이 0.53으로 1993년 선동영 선수가 기록한 0.78보다 낮습니다. 로테이션 상으로 본다면 차지혁 선수는 10월 8일, 시즌 마지막 경기에 선발로 등판할 예정입니다. 올 시즌 차지혁 선수에게 최악이었던 9월 18일, 7이닝 3실점 경기가 반복된다 하더라도 선동영 선수의 기록은 경신할 수가 있습니다. 마지막 남은 경기 자신 있으십니까?

별로 기억하고 싶지 않았던 경기를 끄집어내는 아나운서로 인해 미간이 살짝 일그러졌다.

9월 18일은 창원 타이탄스와의 원정 경기였다.

그날따라 몸이 물 먹은 솜처럼 영 컨디션이 좋지 않았고, 결국 7이닝 동안 6개의 피안타와 2개의 볼넷으로 3실점을 하며 마운드를 내려오고 말았다.

최다 피안타 경기였고, 무엇보다 홈런까지 맞아버린 날이었다.

"항상 드리는 말씀이지만, 기록에 연연해서 투구를 하지는 않습니다. 언제나 최선을 다해서 팀을 위해 공을 던질 뿐입니다."

—이미 트리플 크라운(다승, 탈삼진, 평균자책점)을 달성하

였고, 신인왕과 시즌 MVP 0순위 후보로서 최고의 자리에 올랐는데, 소감이 어떠십니까?

아무리 확실시되는 일이라 하더라도 아직 시즌이 끝나지 않았다.

여기서 아나운서의 질문에 대한 답을 하면 그 자체만으로도 다른 선수들을 무시하는 것처럼 보일 수 있었다.

"시즌은 아직 끝나지 않았습니다. 방금 질문은 시즌이 끝나고 말씀처럼 제가 정말 정상의 자리에 오른다면 그때 대답하도록 하겠습니다."

―대전 호크스를 페넌트 레이스 1위로 이끈 주역으로서 한 말씀 부탁드립니다.

정말 난감한 질문만 골라서 하는 아나운서였다.

"오늘 페넌트 레이스 단독 선두에 오른 건 모든 선수들이 하나가 되었기에 가능한 일이었고, 다시 한 번 말씀드리지만 아직 시즌이 끝난 것이 아닙니다. 당장 내일과 모레 있을 광주 피닉스와의 2, 3차전을 승리하는 것이 우선입니다."

혹시라도 또 대답하기 난감한 질문을 할까 싶어 서둘러 인터뷰를 끝내려고 할 때였다.

쏴아아아아아!

"꺄아악!"

등 뒤로 몰래 다가온 선수들이 내 머리 위로 차가운 얼음
물을 쏟아버렸다.

곁에 서 있던 여자 아나운서는 다음 질문에 대한 생각밖
에 머릿속에 없었는지, 다른 아나운서들처럼 미리 자리를
피하지 못해서 옷 일부가 물에 젖고 말았다.

젖은 옷을 신경질적으로 털어내며 인상을 찌푸리고 있는
아나운서의 모습에 나도 모르게 고소하다는 생각이 들었
다.

시즌 23승, 그리고 페넌트 레이스 단독 선두.

아주 기분 좋은 날이었다.

*　　　　*　　　　*

《선발 투수 차지혁, 무패 전설의 기록을 달성하다!》

2026년 길고 길었던 페넌트 레이스가 끝이 났다.

10개의 구단이 4월 11일을 시작으로 135게임을 치르는 피
말리는 순위 전쟁을 끝마쳤다.

올 시즌 최고의 구단과 최고의 선수는 누구일까?

누구라도 인정하지 않을 수 없을 것이다.

최고의 구단은 대전 호크스이며, 최고의 선수는 슈퍼 신인
에이스 차지혁이다.

시즌이 시작되기 전까지만 하더라도 대전 호크스는 으레 그 렇듯 약체 그룹으로 평가를 받았다. 매년 하위권에서 벗어나질 못하며, 약체라는 인식이 뿌리 깊이 박혀 버린 대전 호크스는 모든 전문가들의 예상을 깨고 페넌트 레이스 1위로 시즌을 마 감했다.

대전 호크스가 전반기 4위로 휴식월(7월)에 들어갈 때까지만 하더라도 여전히 많은 전문가와 기자들은 후반기 성적이 떨어 질 것이라고 예상했다. 하지만 대전 호크스는 이런 주변의 평 가를 완전히 뒤집어 버렸다.

어디에서 이유를 찾을 수 있을까?

본 기자는 대전 호크스 유정학 단장의 과감했던 7월의 트레 이드가 결정적인 요인이라 생각한다. 국내 최고의 타자라 불렸 던 장태훈(내야수)과 올 시즌 전반기 최고의 마무리 투수였던 안주민을 과감하게 트레이드하며 새롭게 영입한 우용탁과 조문 석의 활약은 후반기 대전 호크스의 성적에 지대한 영향력을 끼 쳤다.

특히 후반기에만 39개의 홈런을 터트린 우용탁(내야수)은 주 전 경쟁에서 밀어낸 수원 드래곤즈의 안목을 부끄럽게 만들었 다.

더불어 정현우(내야수)와 함께 리그 최고의 테이블 세터진을 구축한 조문석(외야수)의 득점력도 대전 호크스의 승리에 많은 공훈을 세웠다. 그 외에 대수비 요원으로 영입한 강호진(내야수), 고정수(외야수)를 적재적소에 기용한 백유홍 감독의 용병술은 어째서 그를 명장이라 부르는지 확인시켜 주었다.

2026년 프로 야구 최고의 팀이 대전 호크스였다면, 최고의 선수는 바로 슈퍼 신인 에이스 차지혁이었다.

차지혁은 미국 메이저리그 스카우트들 사이에서 '코리아 쇼크'라 불릴 정도로 믿어지지 않을 기록을 연달아 세우며 명실상부 대한민국 최고의 에이스로 확실하게 자신의 입지를 다졌다고 할 수 있다.

데뷔전과 동시에 노히트노런을 달성했으며, 역대 신인 최다승 다승왕, 역대 최연소 탈삼진 신기록, 단일 시즌 최연소 탈삼진 기록, 한국 프로 야구 사상 최다 이닝 무실점 기록, 시즌 최다 완봉승, 신인 최다 연승, 신인 최다 이닝, 역대 최소 평균자책점 등등 하나하나 나열하기가 힘들 정도로 각종 기록들을 줄줄이 깨트렸다.

여기에 전설이라 불릴만한 기록이 또다시 하나 추가되었다.

선발 투수 무패 기록!

차지혁은 29경기에 모두 선발로 등판해서 24승 무패를 기록했다.

실로 대단한 기록이 아닐 수 없다. 세계적으로 선발 투수가 무패의 기록을 세운 건 1942년 일본에서 후지모도 히데오(14전

10승 무패, 9완투, 4완봉, 평균자책점 0.81) 단 한 명뿐이다. 후지모토 히데오 역시 데뷔 년도에 10승 무패를 기록했지만, 올 시즌 차지혁이 세운 기록과는 비교가 될 수 없다.

차지혁은 후지모토 히데오보다 두 배나 많은 경기를 선발로 등판했다. 이것만으로도 후지모토 히데오보다 훨씬 대단하다 할 수 있다.

올 시즌 차지혁의 기록으로 말할 것 같으면 다음과 같다.

G(경기) / GS(선발 경기) : 29 / 29.

W(승리) / L(패배) : 24 / 0.

SHO(완봉) / CG(완투) : 9 / 10.

QS(퀄리티스타트) / QR+(퀄리티스타트 플러스) : 29 / 29.

IP(이닝) : 230.

TBP(상대한 타자 수) : 816.

H(피안타) / AVG(피안타율) : 74 / 0.093.

R(실점) : 13.

ER(자책점) / ERA(평균자책점) : 13 / 0.51.

HR(피홈런) : 1.

BB(볼넷) : 15.

HB(사구) : 1.

SO(삼진) : 277.

WHIP(출루허용율) : 0.386.

NP(총 투구수) : 2,978.

눈을 한 번쯤 의심해 볼 만한 기록이다.

현대 야구에서 이런 말도 안 되는 기록이 나올 수 있다는 사실이 믿어지지 않는다.

차지혁은 29경기 선발 출장에 모든 경기에서 퀄리티스타트를 달성했는데, 6이닝이 아닌 7이닝까지 3실점 이하를 기록하는 QR+(퀄리티스타트 플러스)에서도 차지혁은 여전히 선발 모든 경기를 포함하고 있다.

여기에 차지혁은 24승으로 좌완 선발 투수 중 역대 7번째로 20승 이상 투수가 되었고, 이는 무려 12년 만의 기록이기도 하다.

특히 차지혁 선수가 고교시절부터 증명할 수 없다는 이유만으로 단점이라 지적받았던 이닝 소화 능력과 시즌 풀타임 체력 문제 역시도 메이저리그 스카우트들의 선수 깎아내리기에 불과했다는 게 증명됐다.

오히려 국내에서 가장 많은 선발 출장을 기록한 선발 투수에 230이닝이라는 엄청난 이닝 소화 능력은 선발 투수가 갖추어야 할 가장 중요한 요인 중 하나로, 차지혁 선수의 최대 장점이라 부를 만하다.

차지혁 선수는 내년 시즌 메이저리그로의 이적이 확실시 되고 있다. 마지막 경기에서도 차지혁 선수 본인 스스로 내년 시즌부터는 메이저리그에서 선수 생활을 할 것이라고 선언을 했고, 이미 모든 메이저리그 구단에서 차지혁 선수를 잡기 위해 총력전을 기울이고 있다는 소문은 야구계 관계자들이라면 누구나 알고 있는 사실이다.

고교 야구를 평정하고 국내 프로 야구 데뷔 년도에 리그를 완전히 평정한 차지혁 선수는 내년이면 세계 최대 프로 리그이자, 모든 야구 선수들의 꿈의 무대라 불리는 메이저리그에 서게 된다.

차지혁 선수 본인 스스로 했던 말처럼, 국내 최고의 투수가 세계 최고의 투수라는 걸 증명하는 날이 조만간 올 거라 믿는다.

◎ CBC 인터넷 스포츠 차동호 기자.
작성일 : 2026년 10월 10일 토요일.

─나도 저 정도 기록 만들어봤다. 비디오게임으로. ㅋㅋㅋ

느루키 모드만 했네. 한 단계만 올려도 평자 1점대도 유지하기 힘들다.

─우리는 전설의 투수를 직접 보고 있는 건지도 모른다. 내가 머리털 나고 선발 투수가 무패로 시즌 마감하는 것도 처음이지만, 모든 경기 퀄리티 높은 것도 믿기지 않는다. 평균자책점 봐라, 저게 선발이라고? 특급 마무리 투수도 저런 평자책은 힘들다.

─한마디로 미친 기록! 저런 기록은 메이저리그 최고의 투수가 국내에서 던져도 절대 못 만든다! 올 시즌 차지혁은 언터처블 모드로 모든 타자들을 안드로메다로 관광시켜 버린 거다!

─2026년 프로 야구는 오직 차지혁 한 사람으로 끝! 신인왕과 MVP 동시 석권이고, 올스타전에서도 MVP 먹었으니 이제 코시에서만 MVP 먹으면 전설의 완성! 절대 깨지지 않을 불멸의 기록이다!

└생각만 해도 지릴 것 같네요. 지금까지 홀로 모든 상 싹쓸이한 선수는 없죠. 무엇보다 차지혁이 올 시즌 데뷔 신인이라는 게 더 경악스러운 사실이죠.

└내가 차지혁 데뷔 전부터 항상 말하고 다녔음. 차지혁은 국내 프로 리그 아작아작 씹어 먹는다고.

└아직 수상한 것도 아닌데 설레발 그만 칩시다.

└넌 똥인지, 된장인지 먹어봐야 아냐? 차지혁 말고 누구한테 상을 줄까?

ㄴ아직도 차지혁 까려고 하는 머저리들이 있다니.

―얼른 차지혁 메이저리그에서 던지는 모습 보고 싶다! 메이저리그에서도 신인왕과 사이영상, MVP까지 휩쓰는 모습 보고 싶다!

ㄴ아무리 차지혁이 국내에서 무적이었다고 하더라도 메이저리그에서도 무적일 가능성은 없지 않을까요? 님 말처럼 메이저리그에서도 모든 상 싹쓸이하면 좋겠지만, 현실적으로 불가능할 듯하네요.

ㄴ지금 차지혁 기록은 뭐 현실이냐? 어차피 얘는 신계에서 놀고 있는 선수임. 인간계 타자들은 상대가 되지 않음.

ㄴㅋㅋㅋㅋ한국 야구에서도 드디어 신계 선수가 등장했다!

*   *   *

야구 선수에게 있어 1년 농사라 할 수 있는 페넌트 레이스가 끝났다.

개인적으로 이보다 더 만족스러울 수 없는 데뷔 시즌이었다.

목표로 했던 것보다 몇 배나 더 좋은 성적을 거두었기에

흔한 말로 다시 시간을 되돌린다 하더라도 이보다 더 좋은 성적을 낼 자신은 없었다.

특히, 선발 투수로서의 몸을 만들었다는 점에서 무척이나 만족스러웠다.

선발 로테이션에 맞춰 등판할 수 있는 체력도 확실하게 증명했고, 선발 투수로서의 몸도 적응이 됐다 할 수 있었다. 물론, 이것만으로는 안심을 할 순 없다.

국내 프로 야구는 135경기를 치르지만, 미국 메이저리그는 162경기를 치른다.

단순한 27경기가 아니라 무려 27경기인 것이다.

5선발 로테인션으로 따지면 적게는 5번에서 많게는 6번을 더 선발 등판해야 한다는 계산이 나온다.

여기서 중요한 문제는 9번 경기 후 1일 휴식이라는 고정적인 휴식일이 정해져 있는 국내 프로 야구와는 다르게 메이저리그에는 고정적인 휴식일이 없다는 점이다.

"메이저리그의 스케줄을 보면 진짜 헉 소리가 절로 나온다. 정말 많아야 한 달에 3번 휴식일이 있고, 적을 때는 고작 하루밖에 없다. 기본적으로 2~3주는 쉬질 않고 경기를 하는데 정말 왜 메이저리그 스카우트들이 동양인 선수의 체력을 문제로 삼는지 알겠더라. 정말 웬만한 체력으로는 버틸 수가 없어. 거리도 좀 멀어야지. 그나마 메이저리그에서는 전용기로 이동하지만, 몇 시간씩 비행을 하고 시합에들어가면 진짜 몸이 축축 늘어진다니까. 체력 하나는 자신있다고 자부했는데, 풀타임 메이저리거가 되려면 정말 올겨울에 체력 훈련을 집중적으로 해야 할 것 같다는 생각이절로 들더라."

고작 2주 정도 메이저리그 생활을 한 장형수가 했던 말이다.

괜찮은 체력을 가진 장형수가 저렇게 말했을 정도면 나역시 내년을 대비해서라도 체력 훈련을 더 준비해 둘 필요가 있었다.

"오빠!"

집 마당 한편에 마련되어 있는 개인 훈련장으로 지아가들어섰다.

평소에는 퀴퀴한 땀 냄새가 진동한다고 절대 들어오지않았던 지아였기에 그 의도가 심히 걱정스러웠다.

내게서 뭔가를 바라지 않는다면 절대 개인 훈련장까지들어올 지아가 아니었으니까.

"여긴 웬일이야?"

"운동 다 끝났어?"

"아직 남았어. 왜?"

"적당히 끝내."

"뭐?"

"내 친구들이 오빠 한 번만 만나게 해달라고 어찌나 귀찮게 구는지 몰라. 지금 집에 온다고 하니까 샤워 좀 하고 옷도 좀 깔끔하게 입고 사인이랑 사진이나 몇 번 찍어줘."

당당한 지아의 요구에 나는 헛웃음을 터트리곤 고개를 끄덕였다.

"그래."

"정말?"

"15분이면 마무리 운동이 끝나니까 그때 나갈게."

"알았어! 고마워!"

손에 들고 있던 핸드폰으로 친구들에게 연락을 하는 지아의 모습을 바라보곤 웃었다.

지금까지 단 한 번도 이런 부탁을 한 적이 없는 지아였다.

그것이 시즌 중이기에 날 배려해서 한 행동인지, 아니면 다른 이유가 있는 건지 모르겠지만, 동생의 부탁이니 거절할 이유가 없었다.

더욱이 페넌트 레이스를 1위로 마친 대전 호크스였기에 한국 시리즈까지 2주 정도의 시간이 있어 이 정도 서비스로 비싸게 굴 이유도 없었다.

마무리 운동을 마치고 깨끗하게 샤워를 하고 나오자 지아가 하얀색과 붉은색이 잘 어우러진 트레이닝복을 내게 건넸다.

"이걸로 입어. 오빠 옷 중에서 난 이게 젤 마음에 들더라."

"코디까지 하려고?"

"애들이 사진 찍으면 인터넷에 쫙 퍼질 텐데, 신경 좀 써야지. 그러지 말고 여기 앉아봐. 내가 머리도 좀 만져 줄 테니까."

지아는 내 손을 잡아끌고는 거실 바닥에 날 앉혔다.

머리를 손질할 왁스를 손에 듬뿍 발라서 내 머리를 정성스럽게 다듬는 지아의 행동을 가만히 지켜봤다.

내년이면 지아도 중학교 3학년이다.

그리고 지아와는 떨어져서 지내야 한다.

"지아야."

"걱정 마. 내가 오빠가 태어난 이래 가장 멋진 모습으로 만들어줄 테니까."

"미국엔 정말 가기 싫은 거야?"

내 물음에 바쁘게 움직이던 지아의 손이 순간 움직임을 멈췄다.

하지만, 곧바로 다시 내 머리카락을 이리저리 다듬기 시작했다.

"나 내년에 중3이거든. 아직 영어도 부족하고, 우선은 과학고에 입학해서 열심히 공부해서 대학 때 미국에 갈 거야. 고등학교만 졸업하면 곧바로 MIT에 입학할 거니까 그 전까지 오빠는 미국에서 자리 잘 잡고 날 데리러 올 준비나 해 둬."

초등학교 5학년 때였던가?

갑자기 지아는 세계 최고의 과학자가 되겠다고 했다.

공상과학 영화를 보고 난 이후였기에 그냥 치기 어린 생각이라고만 여겼는데, 아직까지도 지아는 자신의 꿈을 과학자로 삼고 있었다.

어린 지아 때문이라도 부모님 역시 한국에 남기로 결정을 내렸다.

결국 미국에 가는 건 나 혼자였다.

가족의 품을 벗어난다는 것이 걱정되긴 했지만, 내가 좋아하는 야구를 하기 위한 길이니 당당하게 맞설 준비가 되어 있었다.

"어디 봐봐."

지아는 내 머리스타일을 확인하고는 만족스럽게 웃었다.

"역시 사람은 꾸며야 티가 난다니까."

거울을 보니 훤칠하게 생긴 체격 좋은 남자가 최신 유행하는 머리 스타일을 하고 있었다.

평소 모자만 눌러쓰고 다니던 때와는 확실하게 달라 보였다.

"미국은 한국이랑 틀려서 여자들이 엄청 적극적이라고 하니까 조심해! 외롭다고 괜히 아무 여자나 만나서 엉뚱한 짓해서 인생 피곤하게 만들지 말고. 알겠어? 꼭 명심해! 차라리 지금처럼 둔탱이로 살아. 알겠지?"

언제나처럼 마지막은 지아의 잔소리로 끝이 났다.

Chapter 7

  파죽(파죽지세)의 6연승!

  페넌트 레이스 4위에 가까스로 턱걸이를 하며 가을 야구를 하게 된 창원 타이탄스의 이야기다.

  시즌이 시작되기 전부터 3강 중 하나로 꼽혀 왔던 창원 타이탄스였지만, 대전 호크스와 부산 샤크스의 반란에 전반기 순위를 5위로 마감하며 자존심을 구겨야만 했다.

  그랬던 창원 타이탄스는 후반기 막판에 1경기 차이로 간신히 부산 샤크스를 누르고 포스트시즌에 진출하게 됐다.

  페넌트 레이스 4위와 3위가 다투는 준플레이오프.

4위 창원 타이탄스는 3위 대구 블루윙즈를 상대로 1, 2, 3차전을 연달아 승리하며 플레이오프에 진출했다.

대구 블루윙즈의 주전 선수 3명이 시즌 후반에 부상으로 경기에 나서지 못한 것이 가장 결정적인 패인이었다.

준플레이오프에서 승리한 창원 타이탄스의 플레이오프 상대는 광주 피닉스.

1차전부터 두 팀은 연장 13회까지 가는 치열한 접전 끝에 1점 차이로 창원 타이탄스가 승리를 거뒀다.

이어진 2차전과 3차전에서는 창원 타이탄스가 과감한 불펜 운용으로 광주 피닉스를 누르고 결국 한국 시리즈까지 올라왔다.

이제 남은 건 대전 호크스뿐이다.

약팀으로 분류되었던 대전 호크스와 강팀으로 지목되었던 창원 타이탄스의 한국 시리즈는 10월 27일 대망의 1차전을 시작으로 11월 4일까지 총 7차전으로 4승을 먼저 차지하는 팀이 우승 트로피를 손에 들게 된다.

누가 뭐라 하더라도 가장 중요한 일전은 1차전이다.

승률 84%.

역대 한국 시리즈 1차전에서 승리한 팀이 우승할 확률이다.

아무리 강조해도 부족하지 않은 경기가 바로 1차전이다.

쇄애애액!

퍼—엉!

최상호 코치가 고개를 끄덕였다.

"아주 좋다! 구위, 구속, 무브먼트 모두 최고다!"

웬만해선 나오지 않을 극찬이 나왔다.

실제로 공을 던진 나 역시 온몸이 날아갈 듯 가벼웠고, 힘이 넘쳤다.

무려 2주를 넘게 쉬었다.

10월 8일 페넌트 레이스 마지막 게임에서 선발 등판을 한 이후, 18일이나 휴식을 취했다.

강도를 조절해 가며 한국 시리즈 1차전에 맞춰서 꾸준하게 훈련을 해왔고, 페넌트 레이스로 인해 떨어진 체력까지 완벽하게 충전했기에 그 여느 때보다도 몸 상태가 좋았다.

손에 착착 감기는 공의 촉감도 좋아서 던지고자 하는 곳에 마음 놓고 투구를 할 수 있었다.

"떨리지는 않는 거냐?"

거의 모든 야구팬들, 야구에 관심 없는 사람들까지도 지켜보게 될 한국 시리즈 1차전이다.

솔직하게 말해서 떨리지 않는다면 거짓말이지만, 그렇다고 온몸이 굳어버릴 정도로 긴장되지는 않았다.

살짝 흥분감이 온몸을 지배하고 있다고 해야 할까?

더할 나위 없이 기분 좋은 날이다.

"괜찮습니다."

"평소와 다를 것 없다 생각해라. 긴장하지 말고 편안하게 네가 던지고 싶은 공을 마음껏 던지면 된다. 단판 승부가 아닌 7차전까지 준비가 되어 있는 시리즈니까, 너무 부담 갖지 마라."

최상호 코치의 조언에 고맙다고 말하고는 오전 운동을 마쳤다.

"아들, 오늘 저녁 뭐 먹고 싶어?"

점심을 먹는 자리에서 어머니가 저녁 이야기를 꺼냈다.

경기가 언제 끝날지도 모르고, 끝나고 난 직후 음식을 먹지 않는 날이 더 많다는 걸 알면서도 어머니는 저녁 메뉴를 물어왔다.

오늘 한국 시리즈 1차전에 선발로 등판하는 날 어떻게든 편안하게 해주려는 행동이다.

"어머니가 해주는……."

짝!

"엄마! 아직 젊으니까 엄마라고 부르라고 했잖아!"

어머니가 내 등짝을 시원하게 후려치며 그렇게 말했다.

인터뷰 등을 하다 보니 나도 모르게 입에 붙어버린 호칭이었다.

어려서부터 아버지에게는 아버지라고 쉽게 불렀지만, 어머니에게는 엄마라는 말만 해왔기 때문인지 나도 그렇고 어머니도 그렇고 서로 어색하기만 했다.

"감자탕! 감자탕 해줘."

따끔한 등을 식탁 의자에 비벼대며 재빨리 메뉴를 외쳤다.

"엄마가 감자탕 맛있게 끓여놓을 테니까 오늘 경기 잘하고 집에서 다 같이 감자탕에 소주 한잔할까?"

"그게 좋겠네. 시간 괜찮으면 최 코치님도 같이 술 한잔하실까요?"

아버지의 말에 최상호 코치는 아니라는 듯 고개를 저었다.

"전 다음에 초대해 주시면 고맙겠습니다. 오늘은 가족분들끼리 맛있게 드십시오."

"그럼, 한국 시리즈 끝나고 나면 언제 한 번 날 잡아서 거하게 한잔하시죠. 올해 지혁이가 이렇게까지 좋은 성적을 낼 수 있었던 것도 최 코치님이 다 신경 써주신 덕분이니 그 답례를 제대로 해드리겠습니다."

"기다리고 있겠습니다."

점심을 먹고 한밭 야구장으로 가려고 할 때였다.

핸드폰 문자 메시지가 와서 확인해 보니 정혜영이었다.

오늘 경기 잘하세요.
차지혁! 파이팅!

정혜영과는 첫 만남 이후로 따로 사적으로 만난 적은 없
지만 종종 문자는 주고받는 사이가 됐다.

문자라고 해봐야 지금처럼 정혜영이 먼저 경기 잘해라,
경기 잘 봤다, 수고했다 등의 내용들뿐이었고 나 역시 간단
하게 고맙다는 말이 전부였다.

고맙다는 답장을 보내고는 구단에서 나온 프론트 직원의
차를 타고 야구장으로 향했다.

*   *   *

"떨리지?"

오주영 선배가 내게 다가와 그렇게 물었다.

오늘 하루 종일 가장 많이 들어본 말이다.

당사자인 나는 이제 면역이 돼서 그런지 괜찮았는데, 정
작 내게 떨리냐고 물어오는 이들의 얼굴이 더 딱딱하게 굳
어 있었다.

그도 그럴 것이 대전 호크스가 한국 시리즈에 진출한 게 무려 20년 만의 일이다.

그리고 우승 트로피를 들어 올렸던 건 27년 전이다.

상황이 이렇다 보니 1차전 선발 투수인 나보다 훨씬 더 떨고 긴장하는 선수들이 눈에 밟힐 정도로 많았다.

특히, 대전 호크스에서만 선수 생활을 한 선수들의 경우엔 그 정도가 더 심했다.

오죽했으면 떨지 말라고 내가 역으로 말하고 싶을 정도였다.

"평소처럼 던져. 평소처럼만 던지면 돼."

나에게 말을 하는 오주영 선배의 모습을 보고 있으니, 괜히 웃음이 나오려고 했다.

대전 호스크에서만 16년 동안 프로 생활을 한 오주영 선배다.

지금까지 프로 선수가 되어서 가을 야구 문턱조차 밟아보지 못한 오주영 선배였기에 아무리 배테랑이라 하더라도 생에 첫 한국 시리즈는 엄청난 압박감과 긴장감, 그리고 부담감이 생길 수밖에 없었다.

어리다는 게 차라리 이럴 때는 더 나은 것 같았다.

오주영 선배에게는 처음이자 마지막이 될지도 모르는 한국 시리즈겠지만, 나에게는 아직도 많은 기회가 남아 있었으니까.

"알겠습니다."

일부러 큰 소리로 대답했다.

자신 있고 커다란 내 목소리에 오주영 선배의 표정이 살짝 풀어지는 것 같았다.

"휴우~ 넌 정말 대단한 놈이다. 오늘 다시 한 번 클래스가 뭔지를 보여줘라."

대전 호크스 선배들이 자주 하는 말, 클래스(class).

선배들은 항상 날 두고 클래스가 다르다는 말을 했다.

솔직히 내 입장에서는 듣기 좋은 말이지만, 말을 하는 선배들 입장에서는 입안이 쓴 말일 수밖에 없다.

"오늘 세이브 준비해 주세요."

내 말에 오주영 선배가 고개를 절레절레 저었다.

"심장마비로 나 죽는 모습 보고 싶지 않으면, 오늘 같은 날은 그냥 혼자 해결해라."

말을 그렇게 하면서도 얼굴에는 의지가 가득했다.

세이브를 할 수 있는 기회가 온다면 반드시 세이브를 하고 말겠다는 열기가 오주영 선배의 눈동자에서 느껴졌다.

ㅡ시청자 여러분 안녕하십니까! 드디어 2026년 한국 프로 야구의 대미를 장식하게 될 한국 시리즈 1차전이 시작되

겠습니다! 해설에는 도영석 해설위원님께서 함께하시겠습니다.

─안녕하십니까. 도영석입니다.

─이제 2026년을 마감하는 한국 시리즈 1차전이 잠시 후 시작됩니다. 도영석 해설위원님께서는 오늘 경기 어떻게 예상하십니까?

─많은 분들께서 예상하시는 것처럼 오늘 대전 호스크의 우세가 점쳐집니다. 페넌트 레이스에서 1위를 함으로써 무려 18일을 쉬지 않았습니까? 경기 감각이 떨어졌을 거라는 우려가 있습니다만… 그 이전에 오늘 선발 투수가 차지혁 선수이질 않습니까? 한국 프로 야구가 낳은 역대 최고의 신인이자, 올 시즌 MVP가 확실시되는 선수인 만큼 제 실력만 발휘한다면 어렵지 않게 1차전을 승리할 수 있지 않을까 예상을 해봅니다.

─그렇습니다. 오늘 대전 호크스의 1차전 선발 투수로는 올 시즌 각종 기록을 새롭게 쓰며 대한민국 최고의 좌완 투수로 우뚝 선 차지혁 선수입니다. 무엇보다 차지혁 선수는 현재 한국 프로 야구 무대에서 단 한 번도 패배를 기록하지 않고 있습니다. 그러다 보니 자연적으로 오늘 승리를 대전 호크스라 예상하시는 분들이 많을 수밖에 없습니다. 하지만 한국 시리즈와 페넌트 레이스의 경기는 선수 본인이 느

끼는 부담감과 중압감이 완전히 다르질 않습니까?

　ㅡ물론입니다. 제아무리 베테랑 선수라 하더라도 한국 시리즈라는 큰 경기 앞에서는 긴장을 하지 않을 수가 없습니다. 선수가 긴장하게 되면 실수를 하거나 제 실력을 제대로 발휘하지 못하는 경우가 흔합니다. 차지혁 선수가 아무리 대단한 투수라 하더라도 이제 갓 프로 무대를 경험한 1년 차 신인 선수이질 않습니까?

　ㅡ팬들 사이에서 차지혁 선수를 다이아 멘탈이라고 부르고 있습니다. 데뷔전부터 시작해서 줄곧 자신의 피칭을 이어나가고 있고, 위기 상황이나 실점을 하더라도 쉽게 흔들리지 않았습니다. 하지만 오늘은 한국 시리즈 1차전인 만큼 제아무리 대단한 차지혁 선수라도 긴장하지 않을 수 없을 것 같습니다. 도영석 해설위원님의 말씀처럼 차지혁 선수 본인 스스로 긴장감과 부담감의 중압감을 얼마나 해소하며 실투를 줄이느냐가 관건으로 보입니다. 차지혁 선수가 마운드에 오르고 있습니다! 한국 시리즈 1차전, 이제 시작합니다!

　프로 선수가 되면서 언제나 만원 관중 앞에서 공을 던졌다.

　1만 5천 관중의 시선이 나에게 모여졌다고 이제와 긴장

될 이유가 없었다.

한국 시리즈 1차전이라는 부담감이 없지는 않았지만, 중압감 때문에 긴장해서 내 공을 던지지 못할 이유가 없었다.

언제나처럼 난 내가 던질 수 있는 최고의 공을 던질 뿐이다.

"플레이볼!"

주심의 외침에 손에 쥐고 있던 로진백을 내려놓으며 올 시즌 누구보다 내 공을 훌륭하게 받아준 황대훈 선배가 내민 포수 미트를 바라봤다.

한가운데 위치에서 넓은 포구면을 드러내고 있는 포수 미트.

초구에 대한 사인은 없다.

경기 직전 이미 말을 맞춰 놨다.

"지혁아, 창원 타이탄스 놈들 완전히 기가 살았더라. 하긴, 겨우 턱걸이로 준플레이오프에 올랐는데 3위, 2위를 무패로 이기고 여기까지 올라왔으니 기가 살 만하겠지. 처음부터 확실하게 눌러 버리지 못하면 오늘 경기 생각보다 힘들어질지 모른다. 그러니까 가장 자신 있는 강속구로 초구를 던져. 창원 타이탄스 놈들이 무슨 짓을 하더라도 오늘 네 공을 칠 수 없다는 걸 똑똑히 알려줘서 초장부터 확실하게 기를 꺾어버려라."

확실히 오늘 야구장에 도착해서 몸을 풀던 창원 타이탄스의 분위기는 좋았다.

제대로 상승세를 탔으니 분위기가 나쁠 수가 없다.

야구는 흐름의 스포츠다.

한 번 흐름을 타면 좀처럼 꺼지질 않는 게 야구다.

다른 스포츠에 비해 연승도 많고 연패도 많은 이유다.

1차전에서 우리가 진다면 2차전, 3차전 모두 힘들어진다.

많은 휴식을 취하며 체력을 회복하긴 했지만, 경기 감각은 확실히 창원 타이탄스에 비해 떨어져 있는 상황이다.

더욱이 창원 타이탄스는 준플레이오프와 플레이오프를 모두 3연승으로 깔끔하게 이기고 올라옴으로써 체력 소모도 많은 상태가 아니었다.

체력을 제외한 모든 것이 대전 호크스보다 우위에 서 있는 창원 타이탄스를 잡을 수 있는 방법은 하나다.

선배들의 말처럼 마운드에 서 있는 내가 클래스가 다른 투수라는 걸 다시 한 번 알려주는 거다.

페넌트 레이스 내내 언터처블이라 불리던 모습을 이번 경기에서 또다시 증명하는 거다.

천천히 호흡을 들이쉬며 와인드업을 했다.

타석에 서 있는 창원 타이탄스의 1번 타자, 올 시즌 최고의 리드오프 존 휴즈의 모습을 눈에서 지워 버렸다.

오로지 내가 던질 수 있는 가장 빠른 공을 던질 뿐이다.

쇄애애애애액―!

퍼― 어엉!

미트가 터져 나갈 것 같은 거친 파열음이 울려 퍼졌다.

뒤이어 전광판을 바라본 모든 관중들이 놀라서 소리를 내질렀다.

멍하니 포수 미트를 바라보던 존 휴즈가 고개를 흔들며 정신을 차리고는 타자 박스에서 물러났다.

짧게 잡았던 배트를 더욱더 짧게 쥐곤 격렬하게 스윙을 하는 존 휴즈. 하지만 그의 얼굴은 이미 처음 타석에 들어섰을 때의 자신감 있던 모습과는 확연하게 달라져 있었다.

162km.

전광판에 찍혀 있는 구속을 확인하고는 입가에 미소를 지었다.

가운데로 몰리는 공이기에 타자가 작정하고 노리면 못 칠 공은 아니다.

하지만 어느 타자도 초구부터 한가운데로 160km가 넘는 포심 패스트볼을 던질 것이라고는 예상하지 못한다.

자주 써먹을 순 없어도 한 번씩 대놓고 스트라이크 카운트를 잡거나, 타자의 기를 죽이기에 아주 효과적인 공이다.

빠른 공을 대비해서 배트를 짧게 쥐고 스윙 스피드를 높인 존 휴즈를 상대로 던진 2구는 파워 커브였다.

평소보다 10㎞는 느려진 파워 커브로 시즌 후반부터 10㎞ 내외로 속도 조절을 할 수 있었기에 타자의 허를 찌르는 공으로 그 효과를 톡톡히 보고 있었다.

3구는 고민할 것도 없었다.

짧게 쥔 배트, 그리고 상대적으로 왜소한 체격. 무엇보다 2스트라이크 노볼이라는 극도로 불리한 볼카운트에 그 어떤 투수보다 공격적인 피칭을 하는 나였으니 바깥쪽을 걸치는 컷 패스트볼이 제격이다.

시즌 내내 가장 많은 스트라이크 판정을 받아낸 공인 만큼 타자들이 가장 까다롭게 여기며, 그만큼 대비를 하는 공이기도 했다.

그렇기에 이번에는 역으로 공을 한 개가량 스트라이크 존 밖으로 뺀다.

후웅!

퍼엉!

"스윙! 타자 아웃!"

아슬아슬하게 배트를 스치며 포수 미트로 들어가는 공에 존 휴즈의 얼굴이 와락 일그러졌다.

스트라이크 존 안으로 넣었다면 커트가 되었을 공이 바깥으로 빠지는 바람에 헛스윙이 되고 만 거다.

첫 타자를 3구 삼진으로 잡아내자 관중들의 열광적인 환호성에 귀가 먹먹해질 지경이었다.

존 휴즈가 떠난 타석에는 창원 타이탄스 부동의 2번 타자 강민수가 들어섰다.

강민수는 1번 타자 존 휴즈가 주자로 루상에 나가면 4할에 육박할 정도로 안타를 만들어내는 집중력이 굉장히 높았다.

반대로, 주자가 없을 때에는 2할 초반에 머물 정도로 집중력이 떨어지는 단점을 가지고 있었다.

부웅!

시원스럽게 돌아가는 배트를 농락하듯 공은 급격하게 뚝 떨어지며 포수 미트로 쏙 들어가 버렸다.

파워 커브에 제대로 속아버린 강민수는 잔뜩 독이 오른 모습으로 나를 노려보다 등을 돌렸다.

몸 쪽, 바깥 쪽, 낮은 코스로 이어진 파워 커브 퍼레이드였다.

135km에서 125km를 왔다 갔다 하는 구속의 차이에 강민

수는 철저하게 당하고 말았다.

3번 타자 배형진, 올 시즌 2할 8푼 6리에 32개의 홈런을
때려내며 만족스러운 성적표를 받아든 타자다.

타율에 비해 타격 센스는 떨어졌지만, 올 시즌 홈런왕에
올라선 4번 타자 스캇 데이비스를 피하려는 투수들이 미리
승부를 해주는 덕분에 타율과 홈런 수가 높은 타자였다.

딱!

오늘 경기에서 처음으로 공을 맞춘 타자가 됐다.

하지만 높은 코스의 공을 제대로 맞추지 못해 내야에서
높이 뜨고 말았다.

결국 유격수 박상천 선배가 콜 플레이와 함께 안정적으
로 공을 잡아내며 1회 초 공격을 깔끔하게 삼자범퇴로 막아
냈다.

"나이스!"

"멋쟁이!"

"수고했다!"

더그아웃으로 돌아오자 모든 선수가 나를 향해 엄지를
치켜세웠다.

내가 내려온 마운드에는 창원 타이탄스의 에이스, 프레
디 에르난데스가 아닌 손태민이 올라가 있었다.

"1차전을 포기하겠다니… 어떻게 보면 참 대단한 선택

이다."

허벅지 부상으로 오늘 경기에서 제외된 장근범 선배가 못 마땅하다는 듯 그렇게 말했다.

그의 말처럼 창원 타이탄스의 양종호 감독은 1차전에 팀 내 에이스인 프레디 에르난데스를 선발로 올리지 않았다.

4선발과 5선발을 왔다 갔다 했던 손태민을 1차전 선발 투수로 등판시켰다.

올 시즌 9승을 올린 손태민이었지만, 극단적으로 말해서 포기했다고까지 할 수도 있는 투수 선택이었다.

대신 2차전부터 4차전까지 1, 2, 3선발 투수가 줄줄이 투입되며 실질적으로 2차전부터 승수를 쌓겠다는 양종호 감독의 계산인 거다.

그에 따른 비판은 오로지 감독의 몫이다.

어차피 단판 승부가 아닌 7차전까지 준비가 되어 있는 한국 시리즈다.

어떻게든 먼저 4승만 쌓으면 우승을 하게 되는 시리즈의 특성상 양종호 감독의 작전을 나쁘다 말할 순 없었다.

오히려 양종호 감독의 이런 선택을 창원 타이탄스 팬들은 열렬하게 지지하고 있었다.

"오늘 확실하게 점수 내서 창원 타이탄스 놈들 내일 기가 질리게 만들어 버려!"

오주영 선배의 외침에 선수들이 너 나 할 것 없이 파이팅
을 외쳤다.

하지만 의외로 오늘 손태민의 상태가 굉장히 좋았다.

퍼엉!

"스트라이크! 아웃!"

몸 쪽, 바깥 쪽 할 것 없이 구석구석을 아주 날카롭게 찌
르는 정교한 제구와 시즌 최고 구속에 근접하는 구속이 심
상치 않았다.

올 시즌 최고의 컨디션이라 해도 과언이 아닐 정도로 손
태민의 투구는 훌륭했다.

딱!

메이슨 발레타의 타구가 유격수 앞으로 힘없이 굴러가며
이닝이 끝나고 말았다.

삼진 하나에 땅볼 두 개.

무엇보다 7개밖에 던지지 않은 투구수는 오히려 나보다
한 개가 적었다.

스스로도 만족스러웠을까?

마운드를 내려오는 손태민의 얼굴엔 웃음기가 가득했다.

손태민은 이미 창원 타이탄스에서 2번 우승을 맛본 적도
있는 선수였다.

당연히 한국 시리즈에서 승리 투수가 된 적도 있었다.

경험적인 측면에서는 오히려 잔뜩 긴장하고 부담감을 느끼고 있을 대전 호크스 타자들보다 훨씬 유리했다.

어쩌면 오늘 경기가 생각만큼 쉽게 승부가 나지 않을 것 같았다.

2회 초, 창원 타이탄스의 선두 타자는 올 시즌 홈런왕 타이틀을 거머쥔 스캇 데이비스였다.

51개의 홈런을 터트리며 무시무시한 파워를 자랑한 스캇 데이비스다.

고의사구도 가장 많은 타자였기에 투수들이 제대로 승부를 했다면 홈런 개수가 60개를 넘겼을 거라는 평가를 받은 타자이기도 했다.

변화구에 약점을 가지고 있는 스캇 데이비스에게 초구부터 파워 커브를 던졌다.

아니나 다를까, 눈에 들어오는 공이면 초구라 하더라도 거침없이 배트를 휘두르는 공격적인 성향대로 시원스럽게 배트를 휘둘렀다.

부웅!

헛스윙을 한 스캇 데이비스가 비웃음과 함께 날 바라봤다.

무슨 의도인지 뻔했다.

정면으로 승부를 해오길 바라는 거다.

나로서는 굳이 거부할 이유가 없다.

하지만 처음부터 굳이 힘을 뺄 필요도 없다.

틱!

포심 패스트볼이라 여겼던 건지, 2구로 던진 컷 패스트볼을 제대로 맞추지 못하고 파울이 되고 말았다.

3구는 유인구로 파워 커브를 던졌지만 배트가 나오질 않았고, 다시 한 번 던진 컷 패스트볼이 3루수 정면으로 굴러가며 쉽게 아웃 카운트를 잡아냈다.

이어진 5번 유현민과 6번 이영태는 각각 2루수 땅볼과 중견수 플라이로 잡아내며 2회를 끝낼 수 있었다.

공수가 교대되고 선두 타자로 우용탁 선배가 타석에 섰다.

후반기에 가장 뜨거웠던 타자.

후반기만 놓고 보면 충분히 MVP급 활약을 한 타자가 바로 우용탁 선배다.

전반기 9개였던 홈런이 후반기에만 무려 39개가 늘어나며 전체 48개의 홈런으로 커리어 하이를 기록한 우용탁 선배는 대전 호크스 최고의 트레이드 선수로 평가를 받고 있었다.

그런 우용탁 선배조차도 손태민의 제구에 꼼짝없이 루킹

삼진을 당하며 더그아웃으로 돌아오고 말았다.

　이어진 그랜트 커렌과 김추곤 선배도 각각 중견수 플라이와 1루수 정면 타구에 1루를 밟아보지도 못하고 아웃을 당했다.

　3회 초 마운드에 오른 나는 10개의 공만 던지곤 마운드를 내려왔다.

　선두 타자를 투수 앞 땅볼로 잡아냈고, 나머지 두 타자는 삼진으로 잡아냄으로써 3이닝 동안 26개의 투구수와 함께 4개의 탈삼진을 기록하고 있었다.

　문제는 이런 압도적인 투구 내용을 나뿐만 아니라 손태민도 함께 기록하고 있다는 점이다.

　3회에도 손태민은 2개의 삼진과 함께 하나의 뜬공으로 대전 호크스의 타선을 완벽하게 봉쇄하며 누구도 예상하지 못했던 숨 막히는 투수전을 보여줬다.

　좌익수 플라이 볼과 두 개의 삼진으로 4회를 마친 나에게 손태민은 도전이라도 하듯 마찬가지로 2개의 삼진과 하나의 땅볼로 마운드를 지켜냈다.

　5회에는 삼진 하나에 유격수 땅볼과 좌익수 플라이 볼을 만들어 낸 나와 다르게 손태민은 3타자 연속 삼진이라는 놀라운 호투로 창원 타이탄스 원정 팬들을 열광의 도가니 속으로 빠트렸다.

무엇보다 놀라운 사실은 나와 손태민 모두 5회까지 퍼펙트게임을 진행 중이라는 사실이었다.

6회에 마운드에 올라간 나는 손태민이 잔뜩 끓어 올린 분위기 속에서 차분하게 공을 던졌고, 결국 3타자 연속 삼진으로 홈 팬들의 환호로 야구장을 흔들어 놨다.

대전 호크스 홈 팬들의 기에 주눅이 들었는지, 손태민은 7번 타자 박상천 선배에게 8개나 되는 공을 던지며 간신히 아웃 카운트를 하나 잡아냈지만, 8번 타자 황대훈 선배에게는 초구에 안타를 맞으며 아쉽게도 퍼펙트게임이 끝나고 말았다.

하지만 이후 두 명의 타자를 각각 땅볼과 플라이 볼로 잡아내며 역시 무실점으로 6회 말, 대전 호크스의 타선을 꽁꽁 묶는 것에는 성공을 했다.

7회 초, 마운드에 올라선 나는 주변 공기가 변했음을 깨달았다.

적막감과 고요함이었다.

양 팀의 떠나갈 듯한 응원 소리도 들리지 않았고, 관중들의 환호성과 야유도 들려오지 않았다.

침묵 속에 시작된 7회 초 투구는 1루수 땅볼, 3루수 땅볼, 중견수 플라이 볼을 기록하며 끝이 났다.

관중들의 박수 소리만 들렸다.

중년 남자들의 거침없는 응원 목소리, 젊은 여성들의 환호 소리, 아이들의 천진한 응원 소리가 더 이상 들려오지 않았다.

그저 박수만 있을 뿐이었다.

더그아웃으로 들어가니 선수들 역시도 박수만 칠 뿐 말 한마디 건네 오지 않았다.

퍼펙트게임까지 남아 있는 아웃 카운트는 6개.

올 시즌 그렇게 운이 없었던 퍼펙트게임이 다시 한 번 한국 시리즈 1차전에서 슬그머니 고개를 들고 있었다.

74구.

7회까지 정말 이상적이라 부를 만큼 적은 투구수를 기록하고 있었다.

아무래도 7회까지 공을 던지다 보니 힘이 살짝 떨어진 건 사실이지만, 아직까지는 구위가 떨어졌다고 볼 순 없었다.

체력도 충분해서 제구력에도 문제가 생길 염려 또한 없다.

7회 말, 손태민은 2번 타자 조문석 선배부터 상대를 시작했다.

그 역시 여전히 떨어지지 않은 구위와 체력을 밑바탕 삼아 오늘 눈부시다 불러도 좋을 정교한 제구력으로 다시 한 번 조문석 선배를 삼진으로 잡으며 마운드 위에서 처음으로 기합을 터트렸다.

이어진 3번 타자 메이슨 발레타와의 승부에서는 끈질긴 승부 끝에 9구만에 볼넷으로 출루시키고 말았지만, 이어진 우용탁 선배에게 낮게 떨어지는 컷 패스트볼을 던져 유격수 땅볼로 병살타를 만들어내며 7회까지도 실점하지 않고 마운드를 내려갔다.

8회가 되어 마운드에 올랐다.

여전히 야구장 분위기는 고요했다.

슬쩍 고개를 돌려 내 등 뒤를 지키고 있는 야수들을 바라보니 너 나 할 것 없이 돌처럼 딱딱하게 굳은 표정들로 서 있었다.

퍼펙트게임 중인 투수의 수비, 한국 시리즈 1차전, 무득점의 무능력한 공격력.

삼박자가 아주 골고루 갖춰진 부담과 중압감은 야수들에게서 여유를 티끌만큼도 남겨 놓지 않고 있었다.

"후우우우."

천천히 호흡을 뱉어내며 긴장감도 뱉어냈다.

부담감도 털어버렸고, 퍼펙트게임 중이라는 생각도 머릿속에 지워 버렸다.

기록에 연연하면 결국 깨지고 만다.

타자 한 명, 한 명 마다 최선을 다해서 던지면 자연적으로 기록도 따라 온다.

지금까지 그랬던 것처럼 난 내가 던질 수 있는 최고의 공만 던진다.

마지막으로 창원 타이탄스의 타자들은 모른다.

아직 나에게는 또 다른 무기가 남아 있다는 사실을.

포수 마스크를 쓰고 있는 딱딱한 표정의 황대훈 선배의 얼굴이 너무나도 선명하게 보였다.

악몽. 평생 따라다닐 비난.

데뷔전 퍼펙트게임을 노히트노런으로 바꿔 버린 황대훈 선배의 결정적인 포구 실수는 평생 지워지지 않을 끔찍한 기억으로 남아 있다.

오늘 만약 또다시 같은 실수를 되풀이 한다면?

황대훈 선배에게는 인생 최악의 날이 되고 만다.

다른 그 어떤 야수들보다 황대훈 선배의 긴장감이 크게 느껴졌다.

마운드 위에서 황대훈 선배에게 사인을 보냈다.

오른쪽 어깨를 가볍게 문지르는 사인.

이번 이닝부터 세상에 공개하지 않은 새로운 무기를 보여주겠다는 사인이다.

황대훈 선배가 무겁게 고개를 끄덕였다.

타석에 선 창원 타이탄스의 4번 타자 스캇 데이비스의 눈빛이 매서웠다.

무슨 수를 써서라도 출루하겠다는 의지가 강렬했다.

하지만, 허락하지 않는다.

투수인 내가 절대 허락하지 않는다.

쇄애애액!

휘이익.

부웅!

"스, 스윙! 타자 아웃!"

스캇 데이비스가 타석에서 경악한 얼굴로 포수 미트를 바라보다 이어서 날 쳐다봤다.

믿을 수 없다는 표정이 역력했다.

아니, 믿고 싶지 않다는 표정이었다.

그런 그를 나는 태연하게 마주 보다 황대훈 선배가 돌려주는 공을 가볍게 캐치했다.

"어째서 경기에서 사용하지 않는 거냐? 지금 네 수준이면 충분하다."

"의미 있는 경기에서 결정적인 비수로 사용하고 싶습니다."

최상호 코치에게 말했던 것처럼 지금부터 나는 창원 타이탄스 타자들에게 비수를 던질 생각이다.

서클 체인지업(Circle Change—up).

1월부터 시작해서 지금까지 갈고닦은 비장의 무기다.

135㎞에 이르는 구속이 파워 커브의 구속과 겹치면서 타자 입장에서는 재앙이 될 것이라고 최상호 코치가 호언장담을 했었다.

그의 말대로였다.

스캇 데이비스 이후 타석에 선 유현민과 이영태 모두 파워 커브와 체인지업을 전혀 구별하지 못하며 허망하게 삼진을 당하고 말았다.

8이닝 퍼펙트!

이제 남은 아웃 카운트는 단 3개였다.

*   *   *

—아, 아웃입니다! 주심의 선언에 넘겨졌던 조문석 선수가 벌떡 일어나 격렬하게 항의를 합니다! 자신의 팔이 먼저 베이스를 찍었다는 제스처와 함께 항의를 해봅니다. 주심은 여전히 고개를 저으며 단호하게 판정에 대한 번복을 거부합니다. 대전 호크스 더그아웃에서 백유홍 감독이 걸어

나옵니다. 판정에 대한 항의와 함께 비디오 판정을 요청할 것으로 보입니다. 방송용 카메라로 느린 그림이 나오고 있습니다. 확실히 우용탁 선수의 타구가 다소 짧았습니다. 하지만 보통의 경우라면 조문석 선수의 주력을 생각했을 때, 충분히 승부수를 걸어볼 만한 거리인 건 확실합니다.

─화면에서 보시는 것과 같이 창원 타이탄스의 중견수 채관우 선수의 송구가 정말 기가 막혔습니다. 지금까지 제가 본 채관우 선수의 송구 중 최고라 불러도 할 말이 없을 정돕니다. 빠르고, 정확하게 포수 미트로 들어갔습니다.

─그렇습니다. 채관우 선수의 송구도 대단했고, 더불어 유현민 선수가 포구와 동시에 허리를 비틀며 조문석 선수를 태그한 동작도 아주 훌륭했습니다. 카메라 각도에 따라 다른 게 볼 수 있겠지만, 확실히 이번 판정은 창원 타이탄스에게 조금 더 우세하게 보일 수가 있겠습니다. 결국 비디오 판정에 들어갔습니다.

─백유홍 감독으로서는 당연한 선택입니다. 이번 판정이 번복되면 그대로 경기가 끝나질 않습니까? 무엇보다 이번 판정을 초조하게 지켜볼 사람은 다른 누구도 아닌 차지혁 선수일 겁니다.

─그렇습니다. 한국 프로 야구 사상 최초로 9이닝 퍼펙트게임을 달성했습니다만, 대전 호크스의 득점 지원이 없

어 연장전으로 넘어갈 위기에 놓여 있기 때문입니다.

　―지금까지 차지혁 선수는 9이닝 동안 16탈삼진을 잡아 내며 완벽하게 창원 타이탄스의 타선을 잠재웠습니다. 놀라운 건 8회 처음으로 선보인 서클 체인지업에 창원 타이탄스의 타자들이 속수무책으로 삼진을 당하고 있다는 사실입니다. 8회부터 9회까지 연속 여섯 타자를 삼진으로 잡아낸 차지혁 선수의 구위로 봤을 때, 연장전에 돌입한다 하더라도 여전히 마운드에 오를 것으로 예상해 볼 수 있습니다.

　―9회까지 차지혁 선수는 총 97개의 공을 던졌습니다. 올 시즌 최대 118개의 공을 던진 경험이 있는 차지혁 선수인 만큼 연장전으로 들어간다 하더라도 적게는 1이닝, 많게는 2이닝까지도 마운드에 오를 것으로 보입니다. 아, 판정이 나왔습니다. 아웃입니다! 비디오 판정 결과도 아웃으로 판명이 나면서 한국 시리즈 1차전부터 연장전으로 돌입하겠습니다!

　벗어뒀던 모자를 다시 눌러썼다.

　누굴 탓할 일이 아니다.

　우용탁 선배의 타구가 약간 짧게 느껴진 건 사실이지만, 평소 채관우의 어깨와 조문석 선배의 주력을 비교하면 충분히 승부를 걸어볼 만했다.

운이 안 좋았을 뿐이다.

9이닝 퍼펙트게임.

역시 퍼펙트게임이라는 건 하늘이 내려주는 기록이다.

9회 초, 퍼펙트를 달성했을 때만 하더라도 양팔을 높이 들고 환호했던 내 모습이 이렇게 민망하게 변할 줄은 몰랐다.

ㅡ짝짝짝짝짝짝!

연장 10회 초에 마운드에 오르자 대전 한밭 야구장에 입장한 모든 관중이 일어나서 박수를 쳐주었다.

창원 타이탄스의 원정팬들마저도 기립 박수를 쳐주고 있었다.

경기는 비록 끝나지 않았지만, 모두가 나에게 찬사를 보내고 있다.

'그래, 이거면 충분해!'

모든 관중에게 찬사를 받았다.

무엇이 더 필요한가.

부ㅡ웅!

"스윙! 아웃!"

목청껏 소리를 내지르는 주심의 외침과 동시에 턱선을 타고 땀방울이 떨어져 내렸다.

끈질기게 커트를 하며 버텼던 창원 타이탄스 6번 타자 이영태가 고개를 절레절레 저으며 날 질린 눈으로 바라봤다.

이걸로 내가 할 수 있는 일은 다 했다.

11회.

12회에 또다시 마운드에 오를 수는 없다.

129구.

체력도 떨어졌고, 손아귀 힘도 떨어졌다.

더 이상 던지라면 못 던질 것도 없었지만, 문제는 더 이상 창원 타이탄스의 타선을 막을 자신이 없다는 사실이다.

여기까지.

더 이상 욕심 부릴 이유가 없다.

11회까지 퍼펙트게임을 유지했다는 것 자체만으로도 난 만족스러웠다.

내 기록을 위해 팀의 승리까지 위태롭게 만들 필요는 없었다.

이제는 다음 투수에게 마운드를 넘겨줄 때다.

"수고했다!"

송진욱 투수 코치가 가장 먼저 날 반겨줬다.

"교체하겠습니다."

내 말에 송진욱 투수 코치가 정말 괜찮겠냐는 듯 날 바라봤다.

그 의미를 충분히 알 수 있다.

다른 것도 아니고 퍼펙트게임 중이다.

여기서 교체를 한다는 건 퍼펙트게임이 날아갈 수도 있었기에 투수로서 결코 쉽지 않은 결정이다.

점수를 주고, 퍼펙트가 깨지더라도 끝까지 마운드에 서려고 하는 게 투수의 자존심이다.

"아마 다음 회에도 또 공을 던지면 홈런 맞을지도 모릅니다."

진심이다.

장난처럼 들릴지 모르지만, 내 입장에서는 정말 더 던질 여력이 없었다.

구위와 구속이 떨어진 투수는 언제든 타자들의 먹잇감이 될 수밖에 없다.

퍼펙트 기록이 깨질 것이 두려워 교체하겠다고 하는 게 아니라, 팀의 승리를 위해서 교체하겠다는 뜻이다.

"아이싱 하겠습니다."

내 말에 더그아웃으로 들어오던 야수들과 대기 선수들의 표정이 딱딱하게 굳어버렸다.

11회까지 퍼펙트를 기록한 투수가 미련 없이 게임을 포기한다면 타자들은 어떤 마음이 들까?

지독한 모멸과 무능력함에 자존심이 걸레짝 취급을 받

을까?

어쩌면 그럴지도 모른다.

물론, 그렇게 생각하지 않을 수도 있다.

퍼펙트 기록을 유지하기 위해 미리 발을 빼려는 비겁한 모습으로 보일 수도 있다.

어떤 식으로 생각하든 분명한 건 12회에도 내가 마운드에 서는 일은 없을 거란 사실이다.

아이싱을 준비하는 동안 무겁게 가라앉은 더그아웃에서 웬만해선 경기 중에 특별히 말을 꺼내지 않는 백유홍 감독이 입을 열었다.

"12회는 없다. 12회로 이어지면 우린 이 경기에서 패배한다."

그 말에 선수들은 물론, 나까지도 굳은 얼굴로 감독을 바라봤다.

어쩌면 그 말처럼 그럴지도 모른다.

11회까지 퍼펙트로 타선을 막은 투수가 있는데도 불구하고 승리를 못 했다는 것 자체가 이미 얼굴이 화끈거릴 정도로 부끄러운 일이다.

이런 경기에서 패배하면 그 데미지는 상상할 수 없을 만큼 커진다.

더욱이 창원 타이탄스는 에이스 투수의 로테이션까지 바

꿔가며 2, 3, 4차전을 준비하고 있었다.

다시 말하면 대전 호크스의 내일 경기는 오늘보다 더 힘들어질 수도 있단 소리다.

그런데 퍼펙트 기록을 달성하고도 패배한다면?

선수들의 사기와 자신감이 모두 바닥으로 떨어진다.

반대로 창원 타이탄스는 더욱더 기세가 등등해진다.

한국 시리즈 1차전에서 승리하면 우승한다는 84%의 확률까지 거머쥔 창원 타이탄스를 과연 대전 호크스가 막을 수 있을까?

어렵다.

자칫하면 한국 프로 야구 역사상 처음으로 포스트 시즌과 한국 시리즈를 전승하는 팀이 생겨날지도 모른다.

"복잡하게 생각하지 말자! 딱 하나만 생각하고 타석에서 집중해! 한국 프로 야구 최초의 퍼펙트게임을 망친 무능력자에 민폐 선수로 남지 않겠다고! 그렇게만 여기자고!"

황대훈 선배의 외침에 모든 선수들이 그를 바라봤다.

"제발 나 좀 도와줘라. 내 인생에 두 번씩이나 투수의 퍼펙트게임을 날려 버린 포수라는 오명이 남지 않도록 꼭 좀 도와줘라!"

울상까지 짓고 있는 황대훈 선배의 모습에 몇몇 선수들이 피식 웃었다.

무겁게 경직되어 있던 분위기가 녹았다.

연장전까지 오며 무득점 경기로 인한 자괴감에 빠져 있던 선수들의 눈동자가 서서히 살아났다.

"이번 공격으로 깔끔하게 경기 끝내고 집에 들어가서 푹 쉬자!"

정현우 선배가 우렁차게 외치자 선수들이 하나둘 파이팅을 외쳤다.

그렇게 시작된 11회 말 공격은…….

─2루에 있던 박상천 선수 홈으로 들어옵니다! 2사 2루 상황에서 좌중간을 깨끗하게 뚫어버린 결승 타점의 주인공은 황대훈 선수입니다!

내 퍼펙트게임을 지켜준 사람은 그 누구도 아닌 황대훈 선배였다.

1루 베이스를 돌며 껑충껑충 뛰는 모습이 정말 기뻐 보였다.

*　　　*　　　*

《대전 호크스 차지혁, 한국 프로 야구 사상 첫 퍼펙트게임

달성!》

　《한국 시리즈 1차전, 연장 11회 접전! 차지혁 11이닝 퍼펙트
게임!》

　《차지혁 한국 시리즈 1차전에서 22K! 역대 한 경기 최다 탈
삼진 신기록 수립!》

　《차지혁 신무기 서클 체인지업! 12타자 연속 삼진 신기록 세
우다!》

　《한국 시리즈 1차전은 차지혁의 신기록들로 장식된 경기!》

　《11회 말, 결승 타점 황대훈! 차지혁 데뷔전의 빚을 갚다!》

　한국 시리즈 1차전이 끝나자 모든 언론 매체에서는 나에
대한 이야기로 뜨겁게 달아올라 식을 줄을 몰랐다.

　한국 프로 야구 사상 첫 퍼펙트게임이라는 전인미답(前人
未踏)의 기록을 세웠다는 점이 대한민국 전체를 달아오르게
만들었다.

　모든 뉴스에서조차 메인으로 장식을 했으니 야구를 모르
는 사람이라 하더라도 알 수밖에 없었다.

　인터넷은 온통 내 이름으로 도배가 되었고, 그 열기가 식
을 줄을 몰랐다.

　퍼펙트게임과 동시에 세운 또 다른 두 가지의 기록도 화
제가 됐다.

우선 한 경기 역대 최다 탈삼진 기록을 새롭게 썼다.

이전까지의 기록은 1991년 18개로 선동영이 가지고 있었다.

하지만 한국 시리즈 1차전에서 22개를 기록하면서 본의 아니게 선동영의 이름이 다시 한 번 기록에서 밀려나 버리고 말았다.

2026년 한 해 만에 자신이 세운 대기록들이 줄줄이 갈아치워졌으니 선동영으로서는 씁쓸한 일이 아닐 수 없을 것 같았다.

두 번째 기록은 연속 타자 삼진 기록이었다.

종전 기록이었던 10명에서 2명이 추가된 거다.

고교 시절 17명의 타자를 연속으로 삼진시켜 버린 기록도 가지고 있었지만, 프로의 기록과는 확연하게 그 무게가 달랐기에 의미가 크다 할 수 있었다.

한 경기에서 무려 3가지나 되는 기록을 한꺼번에 달성하자 인터넷에서는 나를 두고 외계에서 온 야구 선수라며 외계인 취급까지 할 정도였다.

덕분에 한국 시리즈 2차전의 결과가 오히려 관심 밖으로 밀려나기까지 했다.

《대전 호크스! 창원 타이탄스와의 한국 시리즈 2차전에서

압승!》

《1차전의 무기력했던 대전 호크스의 타선 4홈런 폭발!》

《홈에서 1, 2차전을 승리한 대전 호크스 기분 좋은 원정길 나선다.》

《대전 호크스 백유홍 감독, 원정 경기에서 시리즈 마무리 짓겠다!》

《창원 타이탄스 양종호 감독, 홈경기는 다를 것! 역전의 발판을 마련한다!》

예상 밖의 한국 시리즈 2차전이었다.

로테이션까지 바꿔가며 아낀 창원 타이탄스의 에이스 프레디 에르난데스가 4회를 버티지 못하고 무너져 버렸다.

더불어 전날 있었던 무능력한 득점력에 독이 오른 듯 대전 호크스의 타자들이 쉬질 않고 점수를 내며 너무나도 손쉽게 승리를 챙기며 원정길을 떠났다.

《뼈아픈 실책이 낳은 패배! 창원 타이탄스 3연패로 위기에 섰다!》

《잘되는 집안은 뭘 해도 잘된다? 대전 호크스, 상대 실책으로 3차전 승리!》

3차전은 창원 타이탄스가 스스로 무너지며 경기를 내주고 말았다.

　　7회까지 2점 차 리드를 잡고 있던 창원 타이탄스는 8회 초, 대전 호크스의 1사 만루 상황에서 정현우 선배의 타구가 유격수 존 휴즈에게 날아갔다.

　　존 휴즈가 재빨리 공을 잡아 2루로 던진 공이 악송구로 이어지면서 2점을 헌납하며 동점이 되었고, 이후 조문석 선배의 볼넷과 메이슨 발레타의 만루 홈런으로 경기가 완벽하게 뒤집히고 말았다.

　　대전 호크스로서는 상대의 실책으로 얻은 기분 좋은 승리였고, 창원 타이탄스로서는 기분 나쁜 패배일 수밖에 없었다.

　　《이제부터 반전 드라마를 보여주마! 창원 타이탄스 4차전에서 값진 승리!》

　　《벼랑 끝에서 1승을 거둔 창원 타이탄스!》

　　《차지혁! 5차전 선발 등판! 대전 호크스 5차전으로 한국 시리즈 끝낸다!》

　　《4일 휴식 끝! 차지혁 5차전 선발 등판 준비 마쳤다!》

　　《퍼펙트 투수, 차지혁! 대전 호크스 우승을 직접 마무리한다!》

《차지혁, 대전 호크스 27년의 우승 한(恨) 풀까?》

한국 시리즈가 끝났다.

5차전에서 선발로 등판한 나는 8이닝 무실점으로 창원 타이탄스의 타선을 또 한 번 막아냈고, 대전 호크스의 타선은 1차전의 무기력했던 모습을 잊어달라는 듯 7회까지 5점을 내며 승부의 추를 완전히 넘겨받았다.

최종 스코어 5 : 0.

한국 시리즈 전적 4 : 1로 대전 호크스는 시즌 초반 어느 누구도 예상하지 못했던 페넌트 레이스 1위에 이어 한국 시리즈 우승까지 거머쥐며 최고의 한 해를 보냈다.

경기 직후 뽑힌 한국 시리즈 MVP에는 만장일치로 내가 뽑혔다.

그렇게 한국에서의 프로 생활이 끝났다.

Chapter 8

사무실이라고 하기엔 너무나도 커다란 방.

방 안을 채우고 있는 값비싼 가구와 장식품들만 보더라도 방 주인이 얼마나 돈이 많은 사람인지를 짐작할 수 있었다.

커다란 방 한쪽 벽면에 달아 놓은 대형 TV에서는 한 투수의 투구 영상이 쉬질 않고 이어지고 있었다.

"맥브라이드, 정말 멋진 투수 아닌가? 난 저 투수를 꼭 우리 구단으로 데려 오고 싶어."

최고급 가죽 소파에 등을 기대고 있던 금발의 남자가 좌

측에 앉아 있는 갈색 머리카락의 남자에게 그렇게 말했다.

60대 중반 정도로 보이는 금발의 남자는 여전히 TV에만 시선을 고정시켜 놓고 있었다.

"현재까지 파악한 바로 양키스에서 제시한 금액이 5년 1억 5천만 달러입니다. 차지혁을 영입하려면 그 이상을 준비해야 합니다."

"5년 1억 5천만이라……."

"양키스의 제시 금액은 이번 이적 협상의 기준점이 될 뿐입니다. 제 생각에는 최소 2억 달러까지 치솟을 거라 생각합니다."

"최소 2억?"

금발의 남자가 처음으로 TV에서 시선을 떼며 맥브라이드를 바라봤다.

너무 많은 금액이 아니냐는 의문이 담겨 있었다.

하지만 맥브라이드는 결코 자신이 생각이 과하질 않다는 듯 곧바로 이유를 설명했다.

"한국 프로 무대에서 데뷔 첫해에 신인왕, MVP, 올스타 팬 투표 1위, 올스타 MVP, 포스트 시즌 MVP까지 모조리 석권한 선수가 차지혁입니다. 수상 내역 그대로 2026년 한국 프로 야구는 차지혁 한 사람의 독무대였다고 봐야 합니다. 물론 한국 프로 리그의 수준을 생각한다면 크게 주목할 필요는 없습니다. 진짜 중요한 건 바로 그의 기록들입니다. 퍼펙트게임 1회, 노히트노런 1회, 완봉승 9회, 230이닝, 전 경기 퀄리티스타트 플러스 기록, 평균자책점 0.51, 탈삼진 277개, 출루허용률 0.39에 한국 프로 무대에서 무패를 달성한 최초의 선발 투수이기도 합니다. 이건 리그의 수준 차이를 감안하더라도 기적 같은 기록입니다."

"그렇게 자세히 설명하지 않아도 그 정도는 스카우팅 리포트로 확인했네. 자네 생각은 어떤가? 다나카보다 뛰어난 투수라고 생각하나? 아니군. 이미 양키스에서 차지혁을 다나카보다 조금 더 높게 배팅하고 있으니 말이야."

다나카 마사히로.

더 이상의 설명이 필요 없는 대단한 투수.

일본 프로 무대를 정복하고 25살에 메이저리그에 입성한 다나카는 뉴욕 양키스와 7년 1억 5500만 달러에 계약을 했다.

엄청나게 파격적인 금액이었고, 메이저리그를 뒤흔든 초거대 계약이었다.

이후에도 다나카는 뉴욕 양키스와 연장 계약을 하며 양키 스타디움을 떠나지 않았다.

"물론입니다."

단호하게 대답하는 맥브라이드였다.

"이유는?"

"차지혁은 좌완 파이어볼러입니다. 평균 96마일의 포심 패스트볼을 구사하는 강인한 어깨와 정교한 제구력은 다나카보다 한 수 위라 평가받을 수 있습니다. 더불어 83마일의 파워 커브와 95마일의 컷 패스트볼 또한 메이저리그 최고 수준이라 부를 만합니다. 여기에 차지혁은 한국 시리즈에서 처음으로 선보인 83마일의 서클 체인지업 또한 BA 구종 평가에서 수준급(Above—average) 이상을 받을 수 있다는 게 구단 스카우트들의 공통된 의견이 있었습니다. 2025년에 있었던 스카우팅 리포트에서 지적했던 단점들도 모두 무의미한 예측이었다는 걸 차지혁은 한국 프로 무대에서 확실하게 보여줬습니다. 확신하건데, 차지혁은 다나카보다 훨씬 좋은 투수입니다."

"다나카보다 좋은 투수라……."

재작년 은퇴를 한 다나카 마사히로는 금발 남자가 그토록 영입하고 싶어도 할 수가 없었던 뉴욕 양키스의 보물과도 같은 투수였다.

메이저리그 11년 통산 154승을 달성하며 뉴욕 양키스의 에이스로 부족함 없는 활약을 했던 다나카였다.

단 한 가지 다나카의 약점이라면 사이영상을 한 차례도 수상하지 못했다는 경력뿐이다.

다나카가 떠난 자리에 뉴욕 양키스는 차지혁을 넣으려고 준비 중이다.

양키스와의 돈 싸움이라면 밀릴 이유가 없었다.

문제는 여론이다.

양키스만큼 천문학적인 연봉을 들였지만, 리그 성적은 양키스보다 훨씬 아래였다.

쉽게 말해 돈을 들인 만큼 만족스러운 활약을 해준 선수들이 너무 적었다는 점이다.

오죽했으면 지역 언론사마저 큰돈을 들여 선수를 영입하려고하면 삐딱한 시선으로 날선 비판을 할 정도였다.

그나마 다행이라면 이런 처지의 구단이 또 있다는 것 정도였다.

"텍사스에서도 차지혁을 노리겠지?"

"그렇습니다. 처음 6년 1억 3500만 달러를 준비했다가 양키스로 인해 지금은 한발 물러났지만, 본격적으로 협상이 시작되면 절대 적지 않은 금액으로 차지혁을 차지하려고 할 것입니다."

텍사스 레인저스(Texas Rangers).

자신들과 마찬가지로 대표적인 먹튀 선수들을 다수 보유하고 있는 구단이다.

덕분에 매년 지출 연봉은 천문학적인데 비해 성적은 부

끄러울 지경이라 지역 언론의 비판을 항상 받는다.

그럼에도 텍사스 레인저스는 원하는 선수를 영입하고자 할 때면 돈 보따리를 풀어댔다.

언론의 비판 따윈 아랑곳하지 않았다.

그런 텍사스가 점찍은 선수라면 이번 영입 전쟁이 얼마나 치열해질지 예측조차 할 수 없었다.

"양키스와 텍사스 외에 또 주목해야 할 구단이 어디지?"

"보스턴, 에인절스, 디트로이트, 콜로라도, 샌디에이고 정도가 쉽게 포기하지 않을 것으로 예측되고 있습니다."

"그래, 보스턴이 빠질 리가 없겠지."

보스턴 레드삭스(Boston Red Sox).

뉴욕 양키스만큼이나 유명한 명문 구단으로 전 세계적으로 명망 있는 구단이다.

많은 메이저리그 구단이 외국 자본에 흔들릴 때에도 팬심으로 굳건하게 버텼던 몇 안 되는 구단 중 하나였다.

덕분에 외국 자본이 유입된 타 구단들에 비해 자금력이 떨어졌지만, 10년이 훌쩍 넘도록 타 구단들처럼 큰돈을 푼 적이 없었기에 이번 기회에 쌓아뒀던 돈 보따리를 풀면 결코 만만한 상대가 아니었다.

더욱이 근 10년 동안이나 지구 우승권의 문턱에도 가지 못하는 초라한 성적 덕분에 그토록 단단했던 팬심도 흔들리고 있다는 소리가 심심찮게 나오고 있었다.

그건 곧, 이번 이적 협상에서 최고의 다크호스로 부각될 가능성이 높다는 뜻이었다.

"에인절스와 디트로이트도 충분히 역량이 있지."

LA 에인절스 오브 애너하임(Los Angeles Angels of Anaheim).

아메리칸리그 서부 지구의 강팀이다.

선수단 전체의 연봉 총액은 그리 대단하지 않았지만, 일부 몇 명의 선수들에게 있어서만큼은 파격적이라 할 정도로 엄청난 연봉을 지급하기도 했다.

그 말을 돌리면, 원하는 선수가 있다면 절대 돈을 아끼지 않는다는 소리다.

디트로이트 타이거스(Detroit Tigers).

아메리칸리그 중부 지구의 절대 강자인 디트로이트 역시 돈이라면 부족하지 않았다.

더욱이 해외 자본까지 끌어들이며 공격적으로 선수를 수급하면서도 적극적인 트레이드로 항상 내실을 다지는 구단으로 매년 우승 후보 중 하나로 꼽히는 구단이다.

"콜로라도와 샌디에이고라……"

말을 흐리는 금발 남자의 표정이 기분 나쁘다는 듯 일그러졌다.

콜로라도 로키스(Colorado Rockies)와 샌디에이고 파드리스(San Diego Padres).

구단주가 바뀌면서 엄청난 돈 보따리를 풀고 있는 구단들이었다.

구단주가 가진 순수 자본으로만 따지면 메이저리그 30개의 구단들 중 세 손가락 안에 들어갈 정도로 엄청난 갑부들이 구단을 소유하고 있었다.

"양키스나 텍사스보다 더 위험한 곳들이 바로 콜로라도와 샌디에이고입니다. 작년부터 막대한 자금을 투입해 선수 영입에 열을 올리고 있습니다. 이들 두 구단 때문에 어쩌면 차지혁의 몸값이 제 예상보다 훨씬 더 치솟을지도 모릅니다."

"맥브라이드, 아무리 많은 돈이 있어도 절대 살 수 없는 게 있지. 그게 뭔 줄 아나?"

맥브라이드는 굳이 대답을 찾으려고 하지 않았다.

대답을 하고자 하면 얼마든지 할 수도 있었다.

그러나 자신의 눈앞에 있는 남자가 무슨 의도로 저런 말을 하는지 안다면 조용히 입을 다물고 있는 게 좋았다.

"콜로라도와 샌디에이고가 아무리 돈이 많아도 그들은 양키스나 보스턴, 그리고 우리처럼 명문이라는 명성을 살 수가 없어. 차지혁이 돈만 밝히는 투수라면 어쩔 수 없겠지만, 조금이라도 명문 구단에서 뛰고자 하는 마음이 있다면 쉽게 콜로라도나 샌디에이고와 계약을 하는 일은 없을 테지."

맞는 말이다.

명문 구단이라는 이름은 절대 돈으로 살 수가 없다.

물론 돈을 투입해서 지속적으로 스타 선수들을 영입하고, 그들이 좋은 성적을 내면 자연적으로 흐르는 시간만큼 명성도 쌓인다.

하지만 말처럼 쉬운 일이 아니다.

근 2~3년 동안 콜로라도와 샌디에이고는 슈퍼스타라 불리는 선수들의 영입에 열을 올렸다.

결과는 참혹했다.

아무리 돈을 많이 줘도 선수들이 움직이지 않았기 때문이다.

덕분에 많은 돈을 지불하고도 실력은 떨어지는 선수들만 우글거리는 팀이 되어버리고 말았다.

그런 그들에게도 반전의 시기가 왔다.

2025년 신인 드래프트를 통해 콜로라도는 톱3의 한 명인 사토시 준을 영입할 수 있었다.

샌디에이고 역시 빅4라 불리던 앤드류 폴이라는 천재적인 투수를 끌어안았다.

그들이 어떻게 성장하느냐에 따라 콜로라도와 샌디에이고의 이미지가 달라지게 된다.

'그러고 보면 우습군. 톱3나 빅4는 물론, 아시아 넘버원이라 불리던 니노마에 류지보다 아래라 평가를 받았던 차지혁이 불과 1년 만에 모든 메이저구단이 가장 먼저 영입하려는 최고의 투수가 될 줄이야.'

2025년 신인 드래프트를 통해 차지혁이 메이저리그에 입성했다면 당시 가장 유력했던 미네소트 트윈스와 5년 계약에 최고 4천만 달러 정도로 계약을 했을 거란 소문이 무성했다.

맥브라이드 역시 당시 차지혁의 가치는 딱 그 정도라 여겼다.

그런데 1년 만에 차지혁의 가치는 톱3와 빅4의 그 누구도 따라갈 수 없을 정도로 치솟았다.

기본 시작점이 5년 1억 5천만 달러다.

여기에 이적료 3400만 달러를 추가 지출해야 한다.

결과적으로 차지혁과 협상 테이블을 차리려면 기본으로 1억 8천만 달러가 들어간다는 소리다.

아무리 메이저구단들이 돈이 많아도 이제 갓 프로 데뷔 1년밖에 되지 않는 투수에게 1억 8천만 달러를 쓴다?

쉽지 않은 결정이다.

하지만 이런 쉽지 않은 결정을 아주 우습게 할 구단이 여럿 있었다.

'정말 올 겨울은 그 여느 때보다도 뜨겁겠군.'

맥브라이드가 그렇게 생각을 하는 동안 금발 남자가 TV 속에서 멋진 투구를 이어나가고 있는 차지혁을 지켜보며 박수를 쳤다.

"정말 끝내주는군! 제2의 커쇼라 해도 손색이 없겠어!"

클레이튼 커쇼(Clayton Kershaw).

메이저리그 통산 271승을 거둔 최고의 좌완 에이스!

7차례에 걸친 사이영상 수상으로 로저 클레멘스(Roger Clemens)와 함께 최다 사이영상 수상자인 클레이튼 커쇼는 실력과 동반한 인성으로 모든 미국인이 가장 사랑하는 투수 1위라는 명예를 갖고 있기도 했다.

"맥브라이드, 두말하지 않겠네. 차지혁을 꼭 우리 구단으로 영입하게."

"알겠습니다."

마크 앨런 구단주가 직접 결정을 내렸다.

이것으로 차지혁의 영입에 대한 금전적인 지원은 충분했다.

돈? 얼마든지 줄 수 있다.

명문? 양키스나 보스턴과 같은 명문 구단이라는 파워도

내세울 수 있다.

거기에 추가적으로 맥브라이드는 차지혁의 마음을 움직일 수 있는 비장의 한 수가 있었다.

다른 구단들은 절대 사용할 수 없는 아주 효과적인 비장의 한 수!

* * *

"헤이~! 마이 베스트 프랜!"

반가운 목소리다.

커다란 목소리와 함께 훈련장으로 들어서는 녀석의 얼굴을 확인하고는 다시 튜빙을 이어갔다.

"어이~! 친구! 이역만리에서 고생하던 친구가 왔는데, 환영은 못해줄망정 소 닭 보는 듯한 그 태도는 도대체 뭐야! 가장 먼저 찾아왔는데 이거 정말 너무 섭섭하네!"

불만스럽게 소리치는 녀석의 행동에 나도 모르게 입가에 미소가 그려졌다.

"거의 다 끝나가니까 조금만 기다려."

반갑다.

너무 반가웠다. 그렇다고 하던 운동을 멈출 순 없었다.

"젠장! 1년 만에 먼 미국에서 친구가 날아왔는데도 매일

하는 운동이 우선이라 이거냐?"

불만을 토해내는 녀석의 말을 즐겁게 들으면서도 튜빙을 멈추지 않았다.

결국 튜빙이 모두 끝날 때까지 녀석도 불만을 멈추지 않았다.

"언제 온 거야?"

기둥에 묶어 둔 튜빙을 내려놓으며 웃는 얼굴로 녀석을 향해 물었다.

"오늘 아침에 도착했다."

퉁명스러운 대꾸에 피식 웃고는 다시 물었다.

"시차 적응은 되는 거냐?"

"사람들이 시차, 시차하면 별것도 아닌 걸로 유세 떤다고 생각했는데 내가 막상 겪어보니 와~ 이거 사람 잡더라. 아침에 도착했는데 미치겠더라. 머리는 멍하지, 몸에 힘은 없지, 결국 낮에 푹 자고 일어나니까 살 만하더라."

"저녁은?"

"내가 먹었겠냐? 돈 잘 버는 친구가 있는데! 최고급 한우 등심으로 배터지게 먹으려고 굶고 왔으니까 얼른 나가자!"

"1년 전과는 좀 변한 것 같다?"

"너도 미국 와보면 안다. 마이너리거가 얼마나 힘든지!"

"엄살은."

마이너리거라도 급이 다르다.

적지 않은 계약금을 받아놓고 없는 척했다간 진짜 배를 쫄쫄 굶어가며 야구하는 마이너리거들에게 몰매 맞을 일이다.

물론 장형수가 실제로 어려운 환경 속에서 힘들게 야구를 하는 마이너리거들 앞에서 저렇게 행동할 거라고는 생각하지 않았다.

녀석은 그런 놈이 아니니까.

"아버지랑 어머니는?"

"집에 계시지."

"너 씻을 동안 인사드려야겠다. 지아는?"

"지아? 글쎄, 학원에서 아직 안 왔을 거 같은데?"

"우리 깍쟁이 지아를 못 보는 건가?"

진심으로 아쉬워하는 장형수의 모습을 보며 피식 웃었다.

고등학교 때 종종 집에 놀러왔던 장형수는 부모님에게도 살갑게 잘 대하는 녀석이었다.

더불어 지아와도 꽤 사이가 좋았다.

지아 말에 따르면, 야구밖에 할 줄 모르는 재미없는 오빠랑은 차원이 다르다나 뭐라나.

어쨌든 둘은 꽤 죽이 잘 맞았다.

훈련장을 나가자 제법 큼지막한 보따리가 3~4개나 놓여 있었다.

"뭐야?"

"미국에서 그냥 올 수 있어야지. 아버지, 어머니, 지아 선물이다. 참고로 넌 바라지 마라. 난 나보다 돈 많이 버는 놈에게 선물을 사줄 정도로 형편이 넉넉하지 않으니까! 흐흐흐!"

"걱정 마라. 나도 나보다 돈 적게 버는 놈에게는 선물 같은 거 바라지도 않으니까."

"와~ 1년 만에 차지혁 많이 변했네! 이제 돈 좀 버니까 마음이 여유로워 농담도 술술 나오나 보다?"

장형수의 말에 어깨를 으쓱거리고는 집으로 들어갔다.

정말 마음을 터놓을 수 있는 친구라는 존재가 이렇게 반가울 줄은 나도 몰랐다.

종종 전화를 할 때와는 확실하게 마음이 달랐다.

"아버지! 어머니! 미국에서 형수가 왔습니다!"

집으로 들어서며 쩌렁쩌렁하게 외치는 장형수의 모습은 고등학교 때나 지금이나 변한 게 하나도 없었다.

뭐, 그래봐야 1년밖에 지나지 않았지만.

*　　　　*　　　　*

"이적할 구단은 정한 거냐?"

장형수의 물음에 나는 고개를 저었다.

"생각 중이야."

"너 양키스에서 1억 5천만 달러 오퍼(offer) 넣었다고 하던데, 진짜 사실이냐?"

너무나도 유명해진 이야기라 놀랍지도 않았다.

인터넷을 1분만 뒤져 봐도 뉴욕 양키스에서 나에게 5년 계약에 1억 5천만 달러를 제의했다는 기사가 수십 개가 넘었다.

"맞아."

"그런데 양키스를 깐 거야?"

"생각 중이라니까."

장형수가 고개를 절레절레 저으며 소주잔을 한 번에 털어 넣었다.

술을 잘 먹지도 못하고, 웬만해서는 잘 마시지 않는 나와는 다르게 장형수는 고등학교 졸업하기 전부터 종종 술을 먹었었다.

"양키스가 1억 5천만 달러 오퍼 던졌으니 자질구레한 구단들은 다 떨어져 나갔겠네."

정확했다.

양키스가 정식으로 1억 5천만 달러를 제안하기 전까지만 하더라도 메이저리그의 모든 구단이 이적 협상을 제안해 왔었다.

일부는 직접적으로 계약 금액을 제시하기도 했었는데, 최저 금액이 8천만 달러였고 보통 1억 달러 수준에서 왔다 갔다 했다.

그런데 뉴욕 양키스에서 대놓고 1억 5천만 달러를 제안하자 그보다 적은 액수를 제안한 구단들이 하나둘 빠지기 시작해서 지금은 9개 구단만이 적극적으로 이적 협상을 준비 중이라고 했다.

"어차피 이적 협상이야 이제 시작이니까 넉넉잡고 한 달 정도 남았다고 보고. 크으~! 역시 술은 소주가 최고라니까. 속 시원하게 말 좀 해봐. 나라도 좀 대리만족을 느껴보자. 어디어디 남았냐?"

장형수의 눈빛이 부담스러울 정도로 반짝거렸다.

자신의 일은 아니지만, 정말로 날 통해 대리만족을 느끼고 싶은 것인지 상당히 궁금해했다.

어차피 숨길 이유도 없었고 장형수에게는 말해도 나쁠 것 같지 않아 순순히 대답을 해주었다.

"양키스, 보스턴, 에인절스, 텍사스, 디트로이트, 콜로라도, 샌디에이고, 다저스, 세인트루이스. 알다시피 양키스가

가장 먼저 제안을 해왔고, 나머지 구단들도 제안을 준비 중
이라고만 들었다."

내 대답에 장형수가 헛웃음을 흘렸다.

"진짜 넌 행복하겠다. 돈도 돈이지만 메이저리그에서 명
문 구단이 즐비하잖아? 정말 부럽다."

메이저리그 명문 구단.

확실히 모든 선수들이 부러워할 일이긴 했다.

특히 세계 최고의 구단이라고까지 부르는 뉴욕 양키스는
야구 선수나 야구 선수의 꿈을 가진 사람이라면 입단하고
싶어 하는 구단 1순위다.

그 외에 보스턴 레드삭스, LA다저스, 세인트루이스 카디
널스(Saint Louis Cardinals) 역시 명문 구단이다.

물론 매년 우승 후보로서 명문을 향해 달려가고 있는 디
트로이트와 에인절스 역시 굉장히 매력적인 팀이다.

텍사스는 상당히 부유한 구단이었는데, 큰돈을 들여 좋
은 선수를 영입하면 이상하게 선수들이 죽을 쓰는 저주에
걸린 팀으로 인식이 깊었다.

그래도 언제든 우승을 노려볼 정도로 전력이 화려한 팀
인 건 분명했다.

콜로라도와 샌디에이고는 세계적인 갑부 구단주로 인해
어마어마한 자금력을 갖춘 부(富)팀이라, 몇 년의 시간이 지

나면 메이저리그를 호령할 강팀으로 군림하게 될 것이 분명했다.

명문으로 갈 것인가?

매년 우승을 꿈꿔 볼 수 있는 강팀으로 갈 것인가?

차후 메이저리그에 우뚝 서게 될 부유한 팀으로 갈 것인가?

이적에 대한 선택은 여기서부터 시작이라 할 수 있었다.

"젠장! 밀워키에서 돈 좀 써보지."

장형수는 자신이 몸담고 있는 구단을 들먹이며 다시 소주를 들이켰다.

"내가 너라면 무조건 명문 구단으로 간다."

장형수의 말에 내가 빤히 그를 바라봤다.

큼지막한 등심 덩어리를 기름장에 찍어 입안에 우겨넣은 장형수가 말을 이었다.

"미국에서 실제로 명문 구단의 인기는 상상을 초월해. 아무리 강팀이라 하더라도 명문 구단의 인기와 저력을 따라갈 순 없거든. 솔직히 말해서 너 정도면 돈이야 어디든 비슷비슷할 것 아냐?"

틀린 말은 아니다.

황병익 대표는 대략 6~7년 계약에 연봉 3천만 정도를 생각하고 있었다.

순수 연봉만 따지면 1억 8천만 달러에서 2억 1천만 달러 수준이다.

너무 무리한 요구가 아니냐는 내 우려와 다르게 황병익 대표는 현재 내 성적과 실력이면 충분히 리그 최정상급 에이스의 연봉을 받아야만 한다고 단언했다.

현재 메이저리그에서 투수 중 최고 연봉자는 워싱턴 내셔널스(Washington Nationals)의 에이스 루카스 지올리토(Lucas Giolito)로 2026년 3300만 달러를 받았고, 2027년에는 3500만 달러를 받기로 되어 있었다.

타자 중 최고 연봉자는 텍사스 레인저스의 바이런 벅스턴(Byron Buxton)이고, 2026년부터 2028년까지 3700만 달러를 받기로 되어 있었다.

처음 이적 협상을 준비할 때까지만 하더라도 나는 아시아 최고 계약으로 메이저리그에 입성했던 다나카 마사히로보다 조금만 더 받으면 된다고 생각했다.

다행인지 뉴욕 양키스에서 비슷한 수준을 제시했고, 그걸 기점으로 경쟁이 시작되니 이미 연봉에 대한 욕심은 크게 부릴 생각이 없었다.

중요한 건 어느 구단이냐 였다.

당연한 소리지만, 우승 경쟁력이 없는 구단은 내 머릿속에 없었다.

콜로라도나 샌디에이고가 나를 비롯해 우승 경쟁력을 갖춘 선수들을 올 시즌 영입한다는 조건을 내세우면 모를까, 나 한 사람만 영입하고 만족한다면 아무리 많은 돈을 준다 하더라도 계약서에 사인할 생각이 없었다.

"너나 나나 메이저리거가 최종 꿈이 아니잖아?"

야구 선수의 최종 꿈.

그건 당연히 우승의 주역이 되는 거다.

"돈에 구애받지 않는다면 두 번 고민할 것 없이 무조건 우승 가능성이 큰 팀으로 가라. 내가 너라면 항상 우승 후보라 불리는 디트로이트나 에인절스도 좋지만 이왕이면 양키스나 세인트루이스로 간다. 우승 경험이 많은 명문 구단은 포스트시즌처럼 단기전에 말도 안 되는 힘을 드러내거든. 특히 세인트루이스를 봐. 항상 아슬아슬하게 와일드카드로 포스트시즌에 진출하면서도 근 10년 동안 무려 3번이나 우승을 했잖아? 우승을 향한 세인트루이스의 집념과 정신력은 진짜 메이저리그의 모든 구단을 통틀어 최고다! 나라면 그 정신이 무엇인지 꼭 한 번 경험하고 만다! 내가 너처럼 선택권을 가지고 있다면 무조건 세인트루이스다!"

세인트루이스 카디널스.

가을 야구에 무지막지하게 강해서 가을 좀비라 불리는 세인트루이스는 내셔널리그 3대 명문 구단(LA 다저스, 샌프

란시스코 자이언츠)으로도 유명하다.

실력과 명문이라는 타이틀을 모두 갖춘 매력적인 팀인 건 사실이다.

여기에 끈끈하기로 소문난 선수들의 유대 관계 또한 내게 큰 플러스 요인으로 작용하고 있는 중이다.

하지만 아직까지 확정된 건 하나도 없다.

이적 마감 시한이 한참이나 남았기에 메이저구단들끼리 서로 눈치작전을 펼치고 있어, 본격적인 협상이 시작되려면 한 달은 족히 걸릴 것으로 예상하고 있었다.

"네가 이렇게 될 줄 알았으면 나도 그냥 국내에 남아서 딱 1년만 국내 무대에서 뛰고 메이저리그로 직행하는 거였는데!"

그냥 해보는 말이었다.

내가 국내에 남는다고 했을 때, 누구보다 걱정했던 게 바로 장형수였다.

메이저리그의 시스템을 하루라도 일찍 경험해야 성공하지 않겠냐며 날 설득까지 했었을 정도였다.

만약 다시 1년 전으로 돌아간다 하더라도 장형수는 국내가 아닌 메이저리그의 문을 두드렸을 게 확실했다.

"어쨌든 축하한다! 이왕이면 이번 이적 협상 제대로 대박 터트려서 확실하게 날개 달고 메이저리그로 입성해라!"

진심으로 내 성공을 축하해 주는 장형수였다.

"내년에 그라운드에서 만나자."

"걱정 마라! 네 메이저리그 첫 번째 피홈런 주인공은 내가 될 테니까! 흐흐흐!"

맥주 한 잔을 따라 건배를 하는 사이 핸드폰이 울렸다.

"누구야? 여자 친구냐?"

장난스러운 장형수의 말을 흘려들으며 핸드폰 액정을 확인했다.

"응?"

"왜? 누군데?"

장형수에게 핸드폰 액정을 보여주고는 곧바로 전화를 받았다.

"선배님, 어쩐 일로 이 시간에 전화를 주셨습니까?"

"박호찬 선배님! 안녕하십니까!"

곁에 있던 장형수가 우렁차게 외쳤고, 그 목소리에 내가 살짝 눈을 찌푸리며 재빨리 말했다.

"죄송합니다. 선배님, 고등학교 동기랑 함께 있습니다. 장형수라고, 현재 밀워키에서 선수 생활을 하고 있는 녀석입니다."

―아, 장형수! 국내 최고의 포수 유망주! 나도 이야기 많이 들었다. 귀국했나 보네?

"예. 오늘 귀국했습니다. 그런데 어쩐 일로 전화까지 주셨습니까?"

―널 만나고 싶어 하는 사람이 있어서 전화했어.

"저를요?"

―너도 잘 아는 사람이다. 유혁선! 혁선이가 널 좀 만나고 싶다고 하네.

Chapter 9

유혁선.

무슨 말이 필요할까?

박호찬 선배가 미국 메이저리그에 발을 들여 놓은 1세대 한국인 메이저리거라면, 유혁선은 한국 선수의 우수함을 전 미국에 널리 알린 2세대 메이저리거다.

2013년 LA 다저스와 6년 3600만 달러에 계약을 하고 메이저리그로 향한 유혁선 선배는 데뷔 시즌부터 14승을 거두며 화려한 신고식을 치렀다.

4년 만에 옵트 아웃 조항인 750이닝을 달성하며 FA로 풀리는가 싶었지만, 다시 한 번 LA 다저스와 6년 7700만 달러에 재계약을 하면서 LA 다저스의 유니폼을 계속해서 입었다.

이후, 2년 연장 계약이 더 성사되면서 통산 12년 동안 141승을 올리며 한국인으로서는 가장 많은 승리를 올린 메이저리거, 아시아 투수로서는 다나카 마사히로 다음으로 많은 승리를 기록한 투수로 이름을 떨쳤다.

"나랑 다나카랑 공통점이 뭔지 알아?"

어느덧 나이가 40살에 들어섰음에도 불구하고 유혁선 선배의 얼굴엔 장난기가 가득했다.

"혹시, 사이영상을 못 탔다는 것 아닙니까?"

조심스럽게 묻자 유혁선 선배가 히죽 웃었다.

"잘 알고 있네. 나도 그렇지만, 다나카도 10년 넘게 메이저리그에서 뛰면서 단 한 번도 사이영상을 받아본 적이 없어. 다나카는 두 번이나 사이영상 투표에서 2위를 기록했었고, 나도 한 번뿐이지만 투표 순위 2위로 사이영상과는 인연이 없었지. 그리고 또 한 가지 공통점이 있지."

월드 시리즈 우승? 이건 아니다.

유혁선 선배는 준우승까지밖에 못 해봤지만, 다나카는 2차례나 우승을 해봤기 때문이다.

한 가지가 번뜩 떠올랐다.

"원클럽맨 아닙니까?"

유혁선 선배가 제법이라는 듯 날 바라보며 웃었다.

한국에서는 대전 호크스, 미국에서는 LA 다저스에서만 선수 생활을 한 유혁선 선배다.

다나카 마사히로는 일본에서는 라쿠텐 골든이글스, 미국에서는 뉴욕 양키스에서만 선수 생활을 했다.

두 사람 모두 원클럽맨이며, 그에 걸맞는 대우를 충분히 받으며 선수 생활을 마친 사람들이다.

이후, 말없이 음식만 집어 먹던 유혁선 선배가 조심스럽게 말을 꺼냈다.

"LA 다저스는 좋은 구단이야."

"예."

"LA 다저스는 한국에서 가장 사랑받는 구단이기도 하고."

그럴 수밖에 없다.

LA 다저스에서 화려하게 비상을 시작한 박호찬 선배와 12년이라는 긴 세월 동안 원클럽맨으로 활약한 유혁선 선배의 공은 무시할 수 없다.

더불어 LA라는 지역적 특성도 한몫 단단히 한다.

메이저리그 30개 구단 중 가장 유명한 건 뉴욕 양키스나 보스턴 레드삭스일지 몰라도, 한국인들이 가장 친숙해하고 긍정적으로 생각하는 구단은 LA 다저스다.

"이적 협상을 앞두고 이런 말을 하려니까 진짜 미안하네."

유혁선 선배의 말에 내가 희미하게 웃었다.

방금 말로 확실해졌다.

갑작스럽게 일면식도 없는 유혁선 선배가 날 만나고자 한 이유는 이미 짐작하고 있었다.

내 이적 협상에 어떻게든 LA 다저스를 좋은 방향으로 이끌고 가져가려는 뜻이다.

유혁선 선배가 현재 LA 다저스에서 코치 연수를 받고 있다는 걸 생각하면 뻔히 나오는 답이다.

"미안하다. 맥브라이드 단장이 어찌나 사정을 해대던지, 얼굴 철판 깔고 널 만나자고 한 건데… 너무 마음에 담아두진 마라."

얼굴까지 빨갛게 변한 유혁선 선배의 모습에 나는 괜찮다며 고개를 저었다.

이적 협상이라는 게 어디 돈만으로 되는 문제인가?

인맥도 중요한 수단 방법 중 하나다.

LA 다저스 입장에서는 날 어떻게든 영입하려고 모든 수단을 다 사용하는 거니 나쁘다 말할 이유가 없었다.

오히려 이렇게까지 날 영입하고자 한다는 노력에 더 기뻐해야 할 판이다.

"선배님께서는 다시 선수 생활을 할 수 있다면 그때도 LA 다저스에서 뛸 생각이 있으십니까?"

내 물음에 유혁선 선배가 일말의 망설임도 없이 고개를 끄덕였다.

"물론이지. LA 다저스는 정말 매력적인 구단이야. 선수들에 대한 대우도 상당히 좋은 편이고, 무엇보다 한인 팬들의 힘은 무시할 수가 없거든. 거기에 명문 구단의 일원이라는 것도 자부심을 가질 만하지. 아쉽다면, 쓰는 돈에 비해 성적이 생각보다 나오질 않는다는 게 참 그렇지만."

쓴웃음을 짓는 유혁선 선배였다.

한국인으로서 남부럽지 않을 화려한 선수 생활을 한 유혁선 선배였지만, 유일한 아쉬움이라면 메이저리그에서 우승 경험이 없다는 거였다.

사이영상이야 워낙 괴물 같은 투수들이 존재하는 메이저리그라 솔직히 유혁선 선배의 실력으로는 요원한 일이지만, 월드 시리즈 우승은 LA 다저스의 선수단을 생각했을 때 충분히 노려볼 만했다.

하지만 단 한 번의 준우승이 전부인 LA 다저스의 성적은 유혁선 선배에게 있어 쓰디쓴 기억으로밖에 남질 않았다.

"다른 건 몰라도 너는 꼭 우승 반지 가져라. 사이영상도 타고."

유혁선 선배의 말에 나는 그저 웃고 말았다.

월드 시리즈 우승이나, 사이영상이나 나만 잘한다고 되는 일이 아니다.

투수라는 보직이 그렇다.

막말로 타자는 팀이 밑바닥을 박박 긴다 하더라도 혼자서 타율 높이고 홈런 때려대면 MVP를 거머쥘 수 있다. 물론 팀 성적이 하위권이면 압도적인 성적을 기록해야겠지만.

어쨌든 타격은 선수 본인의 집중력에 달려 있는 문제라 혼자의 힘만으로도 얼마든지 MVP를 노려볼 만했다.

투수는 다르다.

아무리 잘 던져도 수비의 도움, 타선의 지원이 없으면 승을 쌓을 수 없고, 자책점을 유지하기가 힘들다.

하물며 월드 시리즈 우승은?

메이저리그 역대급 투수로 선수 생활을 마친 클레이튼 커쇼도 원클럽맨으로 LA 다저스에서만 선수 생활을 했다.

7번이나 사이영상을 차지하며 역대 최다 수상자 타이기록까지도 갖고 있었고, 무엇보다 투수로서 MVP도 2차례나 수상하는 기록도 있다.

하지만 그 역시 우승 반지는 없었다.

클레이튼 커쇼의 유일한 아쉬움이자 단점이 바로 우승을 하지 못했다는 점이니, 오죽하면 LA 다저스는 역대급 선발 투수를 데리고 있음에도 우승을 하지 못하는 저주받은 구단이라고 부를 정도였다.

우승 못 하는 구단이라 놀림을 받고 있어도 LA 다저스가 명문이고 좋은 구단인 건 사실이다.

게다가 투수인 나에게 매우 유리한 점이 한 가지 존재했다.

바로 LA 다저스의 홈구장인 다저 스타디움(Dodger Stadium)이 메이저리그 5대 투수 친화구장 중 하나라는 점이다.

홈구장의 이점은 절대 무시할 수 없는 부분이다.

투수를 평가할 때 절대 빠지지 않는 평균자책점과 이닝 소화력이 바로 구장에 따라서도 크게 변동을 갖기 때문이다.

"굳이 LA 다저스가 아니어도 상관없으니까 널 정말 대우해 주고 우승 가능성이 높은 팀으로 꼭 이적해라. 미국에는 혼자 가는 거냐?"

"예."

"그렇다면 다행이고. 사실 가족들이 살아갈 지역 환경도 무시하지 못하거든. 특히 디트로이트 같은 경우는… 뭐 알겠지?"

디트로이트.

무슨 말이 필요할까?

미국 최악의 범죄 도시라는 오명을 벗어나지 못하는 곳이다.

지금이야 미혼이니 상관없었지만, 만약 결혼을 했고 아이가 있었다면 억만금을 준다 하더라도 디트로이트는 사양하고 싶은 곳이다.

실제로 살아보면 어떨지 모르지만, 세계 1위를 고수하고 있는 대한민국의 안정적인 치안률을 생각한다면 분명 불안한 건 사실이다.

"처음 만나는 자리에서 다짜고짜 이적 문제를 들먹이려니까 진짜 미안하다. 내가 했던 말은 그냥 무시해라."

"여러모로 좋은 말 많이 들었습니다."

"그렇다면 다행이고. 이적 문제에 대해서는 더 이상 말하지 않을게. 그것보다도 한국 시리즈 1차전에서 퍼펙트 한 거 봤다. 서클 체인지업은 언제부터 배운 거야?"

눈을 반짝이는 유혁선 선배의 물음에 나 역시 반색했다.

다른 건 몰라도 메이저리그에서도 체인지업 하나는 리그 최정상급이라 평가를 받았던 유혁선 선배다.

메이저리그를 호령했던 유혁선 선배에게 체인지업에 대한 조언을 받을 수 있다는 것만으로도 대단한 행운이 찾아온 셈이다.

*　　　*　　　*

"으음."

제프는 메이저리그 30개 구단 중 최고 명문, 뉴욕 양키스의 스카우트 팀장으로 이쪽 계통에서는 남부러울 것 없는 명예를 쌓았고 돈도 벌었다.

향후 10년 안에 뉴욕 양키스의 단장이 되는 것이 최종 꿈인 그에게 선수 영입 성공은 당연한 거였고, 반드시 이뤄야 할 것이었다.

한 번 찍은 선수는 절대 놓치는 법이 없었다.

우선 뉴욕 양키스라는 명문 구단 타이틀이 모든 선수들에게 비싼 값으로 어필을 했고, 막대한 자금력 또한 선수들에게는 거부할 수 없는 유혹이었다.

그걸로도 부족한 선수에게는 개인 취향을 고려해서 여자, 술, 가족, 심지어 마약과 도박으로까지 충족시켜 주며 영입을 성공시켰다.

그런데 코딱지만 한 대한민국의 선수 하나가 제프의 이력에 상처를 내려고 했다.

"우리가 너무 성급했어요."

테일의 말에 제프가 눈을 찌푸렸다.

반박은 하지 못했다.

이적 협상이 시작되기도 전에 1억 5천만 달러를 제시한 건 분명 성급했던 실수였다.

덕분에 자질구레한 메이저구단들이 떨어져 나가긴 했지만, 문제는 자금력에서 절대 밀리지 않고 자존심마저 빳빳하게 세운 구단들이 본격적으로 영입 전쟁을 준비 중이라는 사실이다.

"어차피 부딪쳐야 할 놈들이야."

제프는 애써 그렇게 대꾸하고는 한 선수의 파일을 바라봤다.

퍼펙트 제프라는 자부심 가득한 별명을 더럽힐 유일한 선수, 차지혁의 사진을 바라보는 제프의 눈초리가 곱지 않았다.

물론 당장에라도 자신이 내미는 계약서에 사인만 해준다면 이 정도의 일이야 웃으며 넘어가고 앞으로 그 누구보다 친근하게 지낼 마음도 있었다.

그러나 자신의 제안을 거들떠도 보지 않고, 뉴욕 양키스라는 명문에 대한 기본적인 배려도 없는 이 동양의 투수는 나날이 제프의 신경을 긁어대고 있었다.

"틈이 없어. 틈이."

여자를 좋아하지도 않았고, 많은 돈을 원하지도 않았다.

명예에 대한 갈망도 보이지 않았으며, 술도 마실 줄 몰랐고, 도박이나 마약 같은 것들과는 아예 접한 적조차 없었다.

그나마 공략해 볼 수 있는 부분이라면 야구에 대한 열정과 가족이었다.

야구 열정에 대한 부분은 솔직히 뉴욕 양키스라고 특별하게 내세울 것이 없었다.

오히려 다른 구단들이 훨씬 더 훌륭한 시스템을 갖추고 있기도 했다.

그나마 확률이 높은 가족을 공략하려고 수차례나 노력을 기울였던 제프였다.

결과는 차디찬 냉대였다.

보통 뉴욕 양키스라는 이름으로 선물을 보내면 아주 극소수를 제외하면 감격하며 고마워했다.

하필이면 차지혁의 가족은 극소수에 해당했다.

뇌물 따윈 받지 않겠다면서 내용물에 대한 호기심조차 드러내지 않았다.

부모라는 인간들도 그랬고, 15살짜리의 여동생조차 맹랑하기 짝이 없었다.

더불어 차지혁 역시 에이전시를 통해 한 번만 더 쓸데없는 짓을 하면 뉴욕 양키스에게는 협상 기회조차 주지 않을 것이라고 무섭게 경고를 보냈다.

이런 경우가 아예 없었던 제프가 아니었기에 재빠르게 정중히 사과를 하며 차지혁의 마음을 풀었지만, 속에서는 참을 수 없는 모욕감에 온갖 욕이 다 쏟아져 나왔다.

뉴욕 양키스의 스카우트 팀장인 자신에게 이런 모욕감을 줄 수 있는 건 누구나 알고 있는 메이저리그의 스타플레이어뿐이었다.

고작 동양 작은 나라의 투수 따위가 자신에게 이런 모욕을 준다는 건 있을 수 없는 일이었다.

그래도 참아야만 했다.

구단주가 반드시 차지혁을 영입해 오라는 말은 몇 번이나 전했기 때문이다.

이번 일을 성사시키지 못하면 제프가 지금까지 쌓아온 양키스에서의 신뢰가 상당 부분 손상될 수밖에 없었다.

무조건 이적 협상을 성공시켜야 한다.

이 한 가지의 절대 명제가 제프를 괴롭히고 있었다.

"텍사스 쪽에서는 2억 달러를 준비 중이라고 하더군요."

2억 달러?

그깟 돈이 중요한 게 아니다.

제프가 보기에 차지혁은 돈 따위에 움직일 인간이 아니었다.

만약 돈이 중요했다면 이렇게 머리를 싸매며 고민할 이유도 없었다.

양키스 구단주는 전폭적인 지원을 약속했다.

텍사스가 2억 달러를 부르면, 자신들은 2억 3천만 달러를 주를 준비도 되어 있었다.

최소한 돈으로는 메이저리그의 그 어떤 구단과도 싸울 자신이 있었다.

이번 협상은 차지혁의 마음을 잡는 사람이 승리한다.

문제는 어떻게 마음을 잡느냐다.

"마음을 움직여야 해. 마음을."

제프의 중얼거림에 가만히 생각을 하던 테일이 입을 열었다.

"비버트에게 칼럼을 부탁하는 건 어떨까요?"

"칼럼?"

"양키스가 얼마나 대단한 팀인지, 그리고 그런 팀에서 차지혁을 얼마나 원하는지, 차지혁이 오면 양키스가 어떤 성적을 내게 될지에 대한 기대와 희망에 찬 칼럼을 부탁하는 거죠. 뉴욕포스트(New York Post)에서 대대적으로 칼럼을 작성한다면 그걸 보는 차지혁도 그렇고 대부분의 한국 사람들 모두 자부심을 갖지 않을까요?"

"흠……."

"무엇보다 칼럼을 본 대부분의 사람들은 차지혁이 뉴욕 양키스로 갈 것이라고 예상할 테고, 차지혁도 그런 사람들의 바람을 아예 무시하진 못할 것 같기도 하고요."

테일의 아이디어에 제프는 가만히 턱을 매만졌다.

생각해 보니 나쁘지 않은 시도였다.

다른 구단이라면 모를까, 뉴욕 양키스 아닌가?

더욱이 칼럼을 쓸 비버트 역시도 그저 그런 기자가 아니라 뉴욕포스트의 전문 칼럼리스트다.

한국에서는 유명하지 않을지 몰라도 미국에서는 결코 영향력이 없다 할 수 없는 비버트였으니, 그로 인해 이런저런 기사가 양산될 가능성이 컸다.

"당장 비버트에게 전화를 해야겠군!"

작은 희망이 꿈틀거리는 제프였다.

　　　　　*　　　　*　　　　*

　—장호길 기자께서는 차지혁 선수가 뉴욕 양키스와 계약하는 것이 가장 이상적이라는 말씀이십니까?

　—물론입니다. 이미 많은 분들께서 접하셨겠지만, 뉴욕 포스트 칼럼리스트인 다윈 비버트의 칼럼에도 그 이유가 아주 상세하게 잘 설명되어 있습니다. 설령 뉴욕포스트의 칼럼이 아니라 하더라도 다른 어떤 구단도 아닌 뉴욕 양키스에서 거액을 들여 차지혁 선수를 영입하려고 한다는 것 자체가 대한민국 국민의 한 사람으로서 굉장히 뿌듯한 일이라고 생각합니다. 뉴욕 양키스는 29년 동안 메이저리그 구단 가치 부동의 1위 자리를 차지하고 있으며, 미국 경제 전문지 포브스의 조사에 따르면 2026년 전 세계 프로 구단 가치에서도 30억 달러가 넘는 높은 가치로 전 세계 3위에 올랐습니다. 이런 엄청난 프로 구단에서 차지혁 선수를 모셔가려고 하는 겁니다. 물론, 다른 메이저구단들도 있겠지만 세계적인 명문 구단이라는 상징성을 떠올린다면……

　"후훗."

　TV에서 차지혁이 뉴욕 양키스로 가야 한다고 목에 핏대를 세워가며 말하는 기자의 모습에 제프는 만족스럽게 웃었다.

'차지혁 이적에 대한 소문과 진실'이라는 특별 편성된 TV프로였고, 프로그램의 진행을 맡은 사회자와 전문 패널들 모두 제프의 작품이었다.

당연히 TV 내용은 차지혁이 뉴욕 양키스로 가는 것이 가장 좋은 방향이라고 제시를 하고 있었다.

"국민들의 기대를 저버리기가 쉽지는 않겠지."

제프의 말에 테일이 고개를 끄덕였다.

어차피 말도 안 되는 계약 조건을 제시하는 것도 아니었다.

타 구단들에 비해 전혀 뒤떨어지지 않을 계약 조건을 제시할 것이니 차지혁에게도 결코 손해 볼 일이 아닐 것이다.

여론 몰이는 그저 양념일 뿐이다.

"우호적인 언론사 한 곳을 섭외해서 차지혁이 어느 구단으로 이적했으면 좋겠냐는 대대적인 설문조사도 의뢰해. 물론 조작을 해서라도 압도적으로 뉴욕 양키스가 되도록 하고."

여론 몰이는 한 번 시작했을 때, 정신없이 몰아붙여야 한다.

더군다나 그 대상이 다른 누구도 아닌 차지혁이다.

현재 대한민국 최고의 스포츠 스타이며, 국민 모두가 그의 활약을 기대하고 있었다.

IMF 시절, 국민적 영웅이자 희망으로 불렸던 박호찬과도 비교할 수 없었고, 대한민국의 자존심이라 불렸던 유혁선도 비교 대상이 되지 않았다.

박호찬과 유혁선이 메이저리그에서 대단한 투수로 한국인의 기상을 널리 알린 건 사실이지만, 메이저리그를 호령했던 대투수는 아니었다.

하지만 차지혁에 대한 대한민국 국민들의 기대 심리는 달랐다.

한국인 최초이자 아시아 최초의 사이영상을 노리는 투수!

메이저리그를 초토화시키며 에이스로 우뚝 설 수 있는 투수!

모든 국민이 그렇게 생각하고 있었다.

그리고 그를 영입하려는 메이저리그의 모든 구단들 또한 같은 생각이었다.

그렇지 않다면 프로 데뷔 1년밖에 되지 않는 신인 투수에게 2억 달러 이상의 돈을 지불할 이유가 없었으니 말이다.

"다른 놈들 얼굴이 참 볼만하겠어."

제프는 자신이 해놓은 일들로 인해 얼굴을 찌푸리고 있을 타 구단 스카우트와 단장들을 생각하며 한껏 기분이 좋아졌다.

*　　　*　　　*

"여론 조사 결과 뉴욕 양키스로 이적을 바라는 국민들의 바람이 무려 82%나 되더군요."

황병익 대표는 고개를 절레절레 저으며 내 앞에 신문을 내밀었다.

대한민국에서 세 손가락 안에 들어가는 거대 언론사의 신문이었다.

이런 곳에서 왜 이런 설문조사를 했는지 이해가 가지 않았지만, 어쨌든 절대 다수의 국민들이 내가 뉴욕 양키스로 가길 원한다고 하니 머릿속에 복잡해졌다.

뉴욕 양키스.

세계적인 명문 구단으로 나 역시 어린 시절 동경했던 구단인 건 분명하다. 하지만 뉴욕 양키스에 반드시 입단하고 싶다는 생각은 없었다.

어린 시절 보는 것만으로도 가슴이 설레었던 핀스트라이

프 유니폼을 입을 수 있다는 건 분명 개인적으로도 상당한 영광이 된다.

그런데 지금은 조금의 설렘도 없었다.

"텍사스에서 정식으로 이적 협상 요청이 왔습니다. 7년 2억 달러부터 시작할 마음이 있다고 합니다."

7년 2억 달러부터 시작을 하겠다니.

"정말 대표님 말씀처럼 되겠군요."

연 평균 3천만 달러의 연봉을 받아내겠다고 했던 황병익 대표였다.

협상 시작부터 그 말이 이뤄졌다.

"차지혁 선수는 충분히 그만한 연봉을 받을 자격이 됩니다."

웃고 있는 황병익 대표의 표정이 무척이나 행복해 보였다.

10%.

내가 이적 협상에 도장을 찍는 그 순간 황병익 대표는 계약금과 연봉 총액의 10%를 수수료로 받을 수 있다.

2억 달러면 2천만 달러다.

한화로 200억이 넘는 돈이다.

말 그대로 대박.

황병익 대표의 YJ에이전시가 지금보다 몇 배는 더 크게 성장할 수 있게 된다.

　무엇보다 중요한 건 2억 달러는 시작점일 뿐이란 사실이다.

　앞으로 구단들과의 협상에서 얼마까지 금액이 치솟을지 알 수 없으니 황병익 대표에게 올 겨울은 인생 최고의 겨울이라 불러도 좋을 거다.

　"올해가 지나기 전에 협상을 마무리하고 싶습니다."

　내 말에 황병익 대표가 당연히 그렇게 할 것이라며 고개를 끄덕였다.

　이적 협상도 중요했지만, 더 중요한 건 하루라도 빨리 새로운 팀에 합류해서 훈련을 하고 동료들을 사귀는 거였다.

　"우선 이번 달 안으로 이적 협상을 원하는 모든 구단의 1차 협상 내역을 정리할 수 있도록 하겠습니다."

　"예."

　황병익 대표의 말에 나는 간단하게 대답하고 TV로 눈을 돌렸다.

　며칠 전에 나왔던 내 이적에 관한 TV프로가 재방송되고 있었다.

　뉴욕 양키스로 가는 것이 가장 이상적이라는 내용을 계속해서 반복하는 패널들과 그 부분에 이야기의 초점을 맞추고 있는 사회자들의 모습이 살짝 눈을 찌푸리게 만들었다.

'온통 양키스에 대한 말뿐이네.'

이해는 한다.

그만큼 뉴욕 양키스는 세계적인 명문 구단이니까.

＊　　　＊　　　＊

"에바! 이것 좀 봐!"

에바는 정혜영의 말대로 모니터를 바라봤다.

거기엔 인터넷 신문 기사가 띄워져 있었고, 그 내용은 디트로이트 타이거스에서 차지혁에게 10년 3억 달러를 제시했다는 내용이 아주 상세하게 적혀 있었다.

"3억 달러면… 3천억?"

정혜영은 할 말이 없다는 듯 입을 벌리고 모니터만 바라봤다.

보통의 평범한 가정에서 자란 정혜영에게 3천억이라는 돈은 제대로 가늠도 되질 않았다.

대한민국의 평균적인 직장인 연봉과 비교하면 이건 상상이 가질 않는 액수였다.

"디트로이트는 힘들겠네."

에바의 말에 정혜영이 무슨 소리냐는 듯 의문을 담고 그녀를 바라봤다.

"3억 달러나 준다는데 힘들다니?"

"엊그제 기사 못 봤어? 콜로라도 로키스에서 7년 3억 달러를 제시했다고 나왔었어. 그런데 3년이나 더 기간을 연장하고도 금액은 똑같은 3억 달러잖아. 혜영이라면 어디랑 계약을 하겠어?"

"당연히……."

콜로라도 로키스다.

지극히 상식적인 질문이다.

대체 어느 누가 3년을 더 허비하면서 같은 금액을 받겠는가?

경쟁력이 떨어질 수밖에 없었다.

"필리스는 도대체 뭘 하는 건지 모르겠네."

연일 차지혁에 대한 이적 기사가 대한민국을 넘어 미국까지도 뒤흔들고 있었다.

차지혁과 개인적인 친분을 나누고 있는 에바와 정혜영으로서도 당연히 관심을 갖고 있었는데, 특히 에바의 경우 어렸을 때부터 광팬으로 활동을 해온 필라델피아 필리스에서 도통 차지혁에 대한 관심을 드러내고 있지 않으니 답답할 뿐이었다.

답답하긴 했지만, 한편으로는 이해도 갔다.

이미 차지혁의 몸값은 3억 달러를 돌파했다.

필라델피아 필리스에서 한 선수에게 3억 달러를 쓴다는 건 쉽지 않은 일이다.

지금도 장기 계약자가 즐비한 상황에서 또다시 투수를 영입하기 위해 3억 달러를 쓴다?

필리스 팬들부터 거부하고 나설 일이다.

현재 필리스는 투수가 아닌 타자에게 투자해야 할 상황이었다.

'투수 2명 정도 트레이드로 내놓고 차지혁을 영입하면 좋겠지만.'

에바만의 생각일 뿐이다.

실제로 필리스 구단주나 단장이 비슷한 생각을 하고 있다 하더라도 쉽게 결정을 내릴 문제가 아니다.

천정부지로 치솟고 있는 차지혁의 몸값을 따라가기가 어려웠기 때문이다.

메이저리그 구단들도 현 상황에 울상을 짓고 있긴 마찬가지였다.

처음만 하더라도 차지혁의 몸값으로 7년 2억 3천만 달러에서 최대 2억 5천만 달러까지 상한선을 잡고 있었다.

그런데 폭탄이 터지고 말았다.

샌디에이고 파드리스에서 8년 3억 달러를 제시해 버린

거다.

구단주가 알아주는 세계적인 갑부라 하더라도 이건 시장 질서를 파괴하는 행위였다.

하지만 선수 이적 금액에 대한 건 어디까지나 지불할 능력을 갖춘 구단의 힘이다.

차지혁의 몸값으로 과하다는 말이 나오든 말든 샌디에이고 파드리스에서 그만한 가치가 있다며 영입하겠다고 하면 그만인 셈이다.

덕분에 이적 경쟁을 벌이던 구단들만 발등에 불이 떨어지고 말았다.

3억 달러가 나온 이상 그에 준하는 금액을 부르지 않을 수가 없게 된 거다.

가장 먼저 샌디에이고 파드리스에게 도전장을 내민 곳은 역시나 세계적인 갑부가 구단주로 버티고 있는 콜로라도 로키스였다.

협상 금액으로 제시한 7년 3억 달러!

샌디에이고 파드리스보다 계약 기간을 1년이나 줄이면서 금액은 동등하게 3억 달러를 불렀다.

연 평균 연봉으로 본다면 4천만 달러가 넘는 역대 최고의 대형 계약이다.

메이저리그 최초로 연봉 4천만 달러를 돌파한 선수가 나온 셈이다.

그것도 메이저리그에서 공 한 번 던져 본 적 없는 투수에게 이런 말도 안 되는 금액을 제시했으니 메이저리그가 충격에 빠질 수밖에 없었다.

덕분에 미국 현지에서도 온갖 기사들이 쉬질 않고 나오고 있었다.

차지혁의 가치가 그 정도인가, 샌디에이고 파드리스가 시장의 질서를 파괴하며 선수 몸값을 다시 폭등시키고 있다, 차지혁에게 양심이 있다면 절대 받아들여서는 안 되는 계약이다, 이런 말도 안 되는 경우를 대비해 새로운 계약 질서가 필요하다 등등.

언론과 팬들 사이에 난리가 났다.

에바로서는 지금의 사태가 차지혁에게는 결코 이롭다고 여겨지지 않았다.

많은 돈을 받으면 상상을 초월하는 부담감을 가질 수밖에 없다.

더욱이 차지혁은 한국 프로 무대를 고작 1년 경험했고, 생애 최초로 메이저리그에 입성하는 투수다.

그의 실력과 재능이 아무리 뛰어나다 한들, 연간 4천만 달러나 되는 비상식적인 연봉을 받으면 주변에서 쏟아질 부담감과 중압감에 제 실력을 발휘하지 못할 가능성도 커진다.

차지혁의 멘탈이 아무리 강하다 해도 우호적인 시선이 다수인 한국과 작은 틈만 보여도 칼날을 휘둘러 대는 미국 언론은 극명하게 달랐다.

더욱이 동양인에 용병 투수라는 신분까지 더해지면 아닌 말로 7이닝 2실점을 한다 하더라도 일부 극단적인 언론에선 4천만 달러를 받는 투수가 그것밖에 못 했다며 맹렬하게 비난을 할 경우도 예상하고 있어야만 한다.

'이성적인 결정을 내렸으면 좋겠지만……'

에바로서는 차지혁이 돈의 유혹을 벗어나 선수 생활에 지장을 받지 않았으면 하는 마음이 컸다.

필라델피아 필리스에 오지 못한다 하더라도 메이저리그에서 성공하는 모습을 꼭 보고 싶고, 응원하고 싶은 에바로서는 차지혁이 모두가 납득할 수 있는 수준의 계약을 했으면 하는 바람이 있었다.

이적 계약으로 한창 정신없을 차지혁에게 따로 연락을 할 정도로 사이가 가깝지 않으니 그저 지켜볼 뿐이지만, 정상적인 계약으로 미국행 비행기를 탔으면 하는 에바였다.

"이러다가 정말 4억 달러를 부르는 구단이 생기는 거 아냐?"

정혜영이 싱글벙글 웃으며 그렇게 말했다.

마냥 즐겁게만 생각하는 정혜영과 다르게 에바로서는 그런 끔찍한 일이 일어나지 않길 간절히 바랄 뿐이었다.

＊　　　＊　　　＊

"옵션 포함해서 4억 달러 계약을 제시할 생각도 있다고 합니다."

4억 달러?

나는 고개를 흔들었다.

"그런 말도 안 되는 계약에는 절대 사인하고 싶은 마음 없습니다. 더불어 샌디에이고와 콜로라도와는 계약하지 않을 생각이니 더 이상 그들과 연락을 주고받을 필요도 없습니다."

프로 선수의 가치는 돈으로 증명된다.

맞는 말이다.

하지만 그 가치가 모두가 납득할 수 없을 정도로 터무니없다면?

콜로라도와 샌디에이고에서 제시하는 협상 금액은 도저히 받아들일 수 없을 정도로 황당했다.

아무리 돈이 많아도 이런 식으로 돈질을 한다는 건 절대 받아들일 수가 없었다.

나를 위해서도 그렇고, 다른 선수들을 위해서도 이건 받아들일 수가 없는 조건이었다.

3억 달러?

받을 순 있다.

디트로이트에서 제시한 10년 3억 달러라면 고려해 볼만했다.

하지만 7년 3억 달러는 나 스스로도 부담이 너무 심했다.

더불어 그런 큰돈을 받고 메이저리그로 향한다면 다른 선수들과의 관계도 불편해질 가능성이 굉장히 컸다.

상대적 박탈감을 느끼게 하는 존재를 누가 환영하겠는가?

나부터 반감이 들 수밖에 없을 테니 말이다.

"계약 기간은 최대 7년으로 잡아주세요. 금액도 2억 5천만 달러까지만 받았으면 합니다."

이것도 솔직히 부담스러운 금액인 건 사실이다.

연 평균 3600만 달러에 가까운 큰돈이다.

당장 내년 메이저리그 투수 중 최고 금액이니 사실상 이 정도로까지 받고 싶은 마음도 없었다.

그럼에도 7년 2억 5천만 달러로 정한 이유는 미국 현지에서 나에 대한 가치 평가를 이 정도까지는 보고 있다고 했기 때문이다.

"그렇게 하겠습니다."

황병익 대표도 별다른 말을 하지 않고 고개를 끄덕였다.

그 역시 너무 많은 금액을 받으면 선수가 얼마나 부담을 느끼는지 알고 있기 때문이다.

실제로 엄청난 고액 계약을 한 선수들 대부분이 돈값을 못했다.

내년이면 이제 21살이다.

투수의 생명이 아무리 짧다 하더라도 최소 15년은 현역으로 뛸 생각이었기에 7년 계약이 끝나더라도 짧게 두 번, 길게 한 번 계약을 더 해야 한다.

그때를 대비해서라도 처음부터 너무 큰 욕심을 부릴 필요가 없었다.

'2억 5천만 달러도 솔직히 굉장히 부담스럽지만.'

그렇다고 미국 현지에서 측정한 가치보다 낮은 금액에 계약을 할 순 없는 것 아닌가.

결과적으로는 그만한 가치를 실력으로 확실하게 증명하는 수밖에 없었다.

"12월 10일까지 세부 계약서를 받아오겠습니다."

앞으로 딱 10일 후다.

하루도 조용할 날 없는 언론 때문이라도 서둘러 이적 계약을 끝내고 싶었다.

『100마일』 5권에 계속…

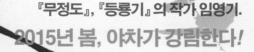

『무정도』, 『등룡기』의 작가 임영기.

2015년 봄, 야차가 강림한다!

"오 년 후에 백학무숙을 마치게 되면
누나를 찾아오너라."
가문의 멸망.
복수만을 꿈꾸며 하나뿐인 혈육과 헤어졌다.
하지만 금의환향의 길에 벌어진 엇갈림…

모든 것이 무너진 사내 화용군!
재처럼 타버린 위에
삼면육비(三面六臂)의 야차가 되어 살아났다!

악이여, 목을 씻고 기다려라!

야차전기

임영기 新무협 판타지 소설

FANTASTIC ORIENTAL HEROES

Book Publishing CHUNGEORAM

유행이 아닌 자유추구 -
WWW.chungeoram.com